余光中作品集 14

日不落家

余光中

新版序

《日不落家》這本散文集出版於十年前，裏面的作品都在九〇年代完成，屬於我高雄時期的中期。它前面的散文集是《隔水呼渡》，而後面的一本是《青銅一夢》，算是我第四本純抒情文集。今年我滿八十歲，曾揚言要比照七十歲的往例來自放煙火，於詩、散文、評論、翻譯四種文類各出一書。結果大言落空，迄未收集的散文只有半本書的份量，尚不足以成書，只好留待明年甚至後年再說。

晚年我一直寫作不輟，一來是因為仍覺生命可貴，母語最美，不可輕言放棄，二來因為熱心的評論家與讀者仍然錯愛，不忍教他們的期許落空，三來相信不斷寫作不僅能夠抗拒老年癡呆症，而且能解江郎才盡的咒語。

一篇作品要能傳後，有幾個途徑。首先是報刊編輯的採用，其次是選集的編者垂青，再次是評論家頻頻肯定，而如果教科書，尤其是不同地區的課本，也一再收入，甚至教師們也欣然接納，就真是「青錢萬選」了。最後點頭的，當然是時間。

我的散文裏面，入選率最高的顯然是〈聽聽那冷雨〉，其次也許是〈我的四個假想敵〉與〈記憶像鐵軌一樣長〉。在這本《日不落家》裏，入選最頻的恐怕應推〈自豪與自幸〉、〈開你的大頭會〉、〈從母親到外遇〉、〈另有離愁〉。這四篇在陳幸蕙的《悅讀余光中：散文卷》一書中，均得青睞，著墨最多。陳芳明在《余光中跨世紀散文》的選集裏，也挑中了四篇，除〈自豪與自幸〉與陳幸蕙同選之外，另外三篇卻是〈日不落家〉、〈沒有鄰居的都市〉、〈仲夏夜之噩夢〉。

〈日不落家〉一文是本集的書名所本，隔了十七年之久，與〈我的四個假想敵〉前呼後應，成了我寫四個女兒成長的「姐妹篇」。〈我的四個假想敵〉再三被選，早成了我的「名作」。相比之下，〈日不落家〉儘管沒有前一篇那麼詼諧自嘲，戲謔笑傲，卻感慨更深，滄桑更長，不但對四個女兒更加疼惜，還加上對妻子善盡慈母之職的讚歎，因此在人倫的格局上當更為恢宏。其實這前後二文應該對照並觀，才能呈現同一主題的開展與完成。

余光中

二〇〇八年冬至於左岸

目錄

附錄四篇：女生宿舍裏的爸爸

衆嶽崢嶸

沒有人不知道玉山是臺灣的最高峰，但是很少人知道，在東亞的赫赫高峰之中，它也是出類拔萃。北起堪察加半島，南迄婆羅洲，縱跨五十度的北緯，其間沒有一座山能與玉山比高。至於對岸的大陸，所謂中原，把五嶽都包括在內，也沒有一座峰頭不向玉山低頭。登泰山而小天下嗎？東嶽名氣雖大，其實海拔只有一五三二公尺，比起玉山主峰的三九五二公尺來，高不及腰。一直要往西去，到秦嶺和大雪山那一帶，才有更峻更峭的絕頂能超過臺灣的屋脊。所以，拿一把大圓規，以玉山爲圓心，畫一個直徑三千公里的巨圓，玉山眞可以左顧右盼，唯我獨尊。古人無論如何登高作賦，都比不上我們在玉山這麼高瞻遠矚。

也不僅玉山的主峰是如此。玉山國家公園之內，顧盼自雄的嵯峨高峰，在三千公尺以上的，不下三十座。三分之二的地區，也都在二千公尺以上，但是境之東南，像拉庫拉庫溪的低谷，海拔只有三百公尺，所以海拔高差多達三千六百公尺。其結果，當然是溫差懸殊，眞的是「一日之內，而氣候不齊」。也因此，熱帶邊緣的北回歸線雖然切過了這國家公園，境內卻依地勢的高低分成熱帶、溫帶、寒帶。峰迴路轉，愈向上走山風就愈涼、愈冷，終於到了不勝其寒的高處。登山的人忽然解脫了下面的炎暑，只覺得此身已「冰肌玉骨，自清涼無汗」。在緯度上要向北方飛幾千里才有的氣候，在海拔上只要幾里路就可以抵達，水平之遠變成垂直之近。

以財富自滿的國人，在低頭數錢之餘，不妨舉頭遙望高潔的玉山，瞻仰那一座座、一簇簇的雄偉與神奇，清涼與肅靜。那上面的世界，從熱帶雨林到寒帶森林，從芒草到地衣，從孟宗竹到紅檜到鐵杉、雲杉、冷杉，一直到風雪無阻的圓柏，在文明步步逼迫，自然節節敗退的今日，已經是神所恩賜的最後寶庫了。至於動物的世界，更是蝶翼翩翩、蟲鳴唧唧、鳥聲滿山、獸蹤遍地，令人慶幸我們終於爲這些眞正的「原住民」，保留了十萬公頃的這一片餘地。根據玉山國家公園管理處出版叢書的統計，境內的植物有八十六種，哺乳類的動物、禽鳥、蝴蝶的種類之多，依次爲三十、一百二十五、四十五。登玉山，眞正當得起王羲之所說的「仰觀宇宙之大，俯察品類之盛，足以游目騁懷，極視聽之娛，信可樂也。」

王羲之蘭亭之會，早在一千六百年前，那時既無人口壓力，更無環境汙染，誠然是賞心樂事。今日輪到我們來上玉山，仰視宇宙，卻恐其日促，俯察品類，卻憂其日減。臭氧層的破洞女媧會來補嗎？三峽一炸，雲裏雨裏的女神要何處去棲身？珍禽異獸，在象牙犀角、貂皮鹿茸的婪求之下，不正加速地滅族滅種嗎？臺灣的美麗山水，繁茂生物，也都面臨濫墾濫伐、濫捕濫採，簡而言之，都遭到貪婪求利而罔顧生態，更不恤後人的空前大劫。

今日的遊客上玉山，謙遜而能反省的，當會心懷感激，領悟宇宙之大是人人所同有，非一己所能私，品類之盛是人與萬物所共榮，非人類所獨享。人既自詡為萬物之靈，又好登高望遠，就應該眞正地高瞻遠矚，負起宇宙的責任，善待萬物，善惜神恩，不能像敗家子那樣揮霍祖產，留一片荒蕪與災害給後人。其實，如果國人不及時大徹大悟，那汙染與破壞的後遺症，根本不必等到未來，已可及身而驗。

六月底和鍾玲、慶華重上玉山，拜謁山神，盛夏之際得凌塵囂享三日之寧靜清涼。久矣未曾如此覺宇宙之無窮、生命之尊貴、歲月之從容。在塔塔加遊客中心看幻燈簡介時，解說員提起，曾有遊客感到美中不足，建議何不在山上增設雲霄飛車之類的娛樂。面對開天闢地鬼斧神工的玉山諸峰與中央山脈，不知瞻仰膜拜，竟想以俗人的囂張與輕狂來冒犯山顏林貌，簡直是褻瀆神明。

國家公園之設，不在提供低俗的娛樂，作都市文明的附庸，而在提升國人仁者樂山、智者樂水的胸襟。登山而損及草木鳥獸，已經不仁。臨水而汙染清澈，甚或任駛快艇而危及泳客，已經不智，不仁不智之徒，不配進國家公園。在仁者、智者的心目中，玉山國家公園不但是一座體育館，供好動的人登臨攀越，飽飫森林的芬多精，也是一座具體而大的戶外博物館，供好奇的人親近萬物，從容地認識這多彩多姿的大千世界。而對於愛美的人，它更是矗立天地之間的一簇簇、一盤盤神奇的雕塑，但人爲的雕塑哪有雲海的變幻、日月的輪迴？對於虔敬的人，它就是一座尊貴而壯麗的大教堂，青穹浩浩，衆嶽崢崢，不由人不跪下來禱念造物之偉大，神蹟之永恆。

——八十一年七月

山色滿城

1

第一次看見開普敦，是在明信片上。吸住我驚異的眼光的，不是海藍鑲邊的城市，而是她後面，不，上面的那一列山。因爲那山勢太陽剛，太奇特了，鎮得下面的海市觳觫匍匐，羅拜了一地。那山勢，密實而高，厚積而重，全由赤露的磐石疊成，才是風景的主體。開普敦不過是他腳下的前景，他，卻非開普敦的背景。

再看見開普敦，已經身在非洲了。一出馬朗機場，那山勢蒼鬱就已斜迤在望。高速道上，車流很暢，那石體的輪廓一路向我們展開，到得市中心，一組山勢，終於正對著我們：居中而較遠、頂平而延長，有如天造的石城者，是桌山（Table Mountain）；聳於其左前方、地勢較近、主峰峭拔而稜骨高傲者，是魔鬼峰（Devil's Peak）；升於其右前方、坡勢較緩、山也較低、峰頭卻不失其軒昂者，是獅子頭（Lion's Head）。三位一體，就這麼主宰了開普敦的天地，幾乎不留甚麼餘地，我們車行雖速，也只是繞著坡底打轉而已。

不久我們的車道左轉，沿著獅子的左坡駛行。獅首在前昂起，近逼著我們的是獅臀，叫信號山（Signal Hill），海拔三五〇公尺。獅首則高六六九公尺，當然也不算高。但是高度可分絕對與相對兩種：絕對高度屬於科學，無可爭論；相對高度卻屬於感覺，甚至幻覺。山要感覺其高，周圍必須平坦低下，才顯得其孤絕獨尊。如果旁邊盡是連峰疊嶂，要出人頭地，就太難了。所以最理想的立場便是海邊，好教每一寸的海拔都不白拔。開普敦的山勢顯得如此頂天立地，正由於大西洋來捧場。

從獅臀曲折西南行，也有兩公里多路，才到獅首坡下。左轉東行，再一公里半，高松陰下，停了一排車，爬滿青藤的方方石屋，就是纜車站了。

我們滿懷興奮，排隊入站，等在陡斜的小月臺上。仰望中，襯著千層橫積的粗大方石，灰沉沉的背景上，近頂處的一個小紅點飄飄而下，漸可辨認。五分鐘後，紅頂纜車停在我們面前。我們，中山大學訪非交流團的二十位師生，和其他四五位乘客都跨了上去。

由於仰度太高，對山的一面盡是峥峥石顏，卻難見其巔，有如面壁。所以最好的景觀是對海的一面。才一起步，我們這輛小纜車已將山道與車站輕輕推開，把自己交託給四十六點五釐米粗的鋼纜，悠悠惚惚，凌虛而起。桌山嶙峋突兀的絕壁變成一稜稜驚險的懸崖，從背後撲來我們腳邊，一轉眼，又紛紛向坡底退下。而遠處，開普敦平坦的市區正爲我們的方便漸漸傾側過來，更遠處的桌灣（Table Bay）與灣外淼漫的大西洋，也一起牽帶來了。整個世界爲一輛小纜車迴過臉來。再看獅子頭時，已經俯首在我們腳底，露出背後更開闊的大西洋水域。

桌山的纜車自一九二九年啓用以來，每年平均載客廿九萬人，從無意外。從山下到山頂，兩站之間完全懸空曳吊，中途沒有任何支柱，這麼長而陡的單吊（single span）工程由挪威工程師史從索（Trygve Strömsoe）設計，爲世界之首創。全程一二二〇公尺，六分鐘就到了山頂站。

開普敦的屋宇，不論高低遠近，都像拜山教徒一般，伏了一地，從桌灣的碼頭和西北方的大西洋岸，一直羅拜到桌山腳下。但桌山畢竟通體岩壁，太陡峻了，開普敦爬不上來，只好向坡勢較緩的獅山那邊圍了過去。俯視之中，除了正對著鄧肯碼頭，沿著阿德里（Adderley）與雅士道（Heerengracht）那一帶的摩天樓簇之外，就百萬以上人口的大城說來，開普敦的高廈實在不多。當然不是因爲蓋不起，而是因爲地大，向東，向南，一直到福爾斯灣岸盡是平原，根本無須向空發展。

開普敦在南非有「母城」（Mother City）之稱，而桌山的綽號是「白髮老父」（Grey Father）。這花崗石爲骨，沙岩爲肌的老父，地質的年齡已高達三億五千萬歲，但是南非各城之母迄今不過三百多歲，也可見神工之長，人工之短。

雅士道的廣場上有一座銅像，闊邊氈帽蓋著披肩長髮，右手扶劍支地。有銅牌告訴我們，說是紀念荷蘭人梵利別克（Van Riebeek）於一六五二年四月六日建立開普敦城。當年從荷蘭航行到非洲南岸，要足足四個月。他領了三船人從一六五一年耶誕前夕起錨，才三個半月便在桌灣落錨。第二天他便在桌灣上岸，選擇建堡與墾種的地點。在他經營之後，遠航過路的水手終於能在此地補給休憩，開普敦也成了「海上客棧」。梵利別克領轄這片新闢地，凡十年之久，才奉調遠去爪哇，後來死在東方，官至印度評議會祕書。他自覺位不夠高，不甚得志，身後卻被尊為開普敦開埠之父，甚至印上南非的大小四色鈔票，成為南非錢上唯一的人頭。

十八世紀初年，腳下這母城經過半世紀的經營，還只有兩百戶人家。美國獨立戰爭期間，英軍曾擬攻佔，卻被法國捷取，與荷蘭共守。一七九五年，陷於英軍，八年後，被荷蘭奪回。一八〇六年，再被英軍所佔。十四年後，四千名英國人更移民來此，逼得梵利別克當年帶來的荷裔，所謂波爾人（Boer）者，紛紛退入內地，終於激起一八八〇年及一八九九年至一九〇二年的兩次英荷戰爭（Anglo-Boer War），簡稱波爾戰爭，又稱南非戰爭。結果是波爾人戰敗，在一九一〇年成立南非聯邦。一九六一年，經全國白人投票複決，僅以百分之五十二的多數決定改制為南非共和國，並且脫離大英聯邦。

這種英荷對立的歷史背景，一直保留到今日。例如英文與荷文（Afrikaans 即南非荷裔使用的本地化了的變體荷文）並為南非的公用文字：四百五十萬白人裏，用英文的有一百七十萬人，用荷文的有二百六十萬。在印度後裔的八十萬所謂亞洲人中，說英語的佔了六十萬。南非所謂的有色人種（The Coloureds）並不包括印度人及黑人，而是專指異族通婚的混血種，所混之血則來自早期的土人哈騰塔次（Hottentots）、荷蘭東印度公司從亞洲輸入的奴工、再加上早期的白人移民、與後期的黑人。有色人種多達兩百六十萬人，其中說荷語的佔兩百二十多萬，而說英語的只有廿八萬。南非的廿一所大學裏，教學所用的語文也頗分歧。例如創校已有七十三年的開普敦大學，就是用英語教學，而我們中山大學的姐妹校斯泰倫巴希大學（Stellenbosch），則使用南非荷語。

政治上也是如此。荷裔開發的北方二省，一名奧倫治自由邦（Orange Free State），一名川斯伐爾（Transvaal），兩省之名都與波爾人北遷所渡之河有關。奧倫治乃南非最長之河，橫越北境而西注大西洋；越河而得自由。伐爾（Vaal）為其主要支流：川斯伐爾，意即伐爾對岸，也是北渡心態。

甚至首都也有兩個：川斯伐爾的省會普瑞托利亞（Pretoria）是行政首都，好望角的省會開普敦則是立法首都。一北一南，也是白人間的一種平衡。

2

我們走到纜車站後面的小餐館去，等吃午餐。那店的三角牆用乾潔的花崗石砌成，白裏帶赭，還豎著一支煙囪，店名叫做鷹巢。我們索性坐到店外的露天陽臺上去，雖然風大了一點，陽光卻頗旺盛，海氣吹襲，令人開胃。我坐得最近石欄，灰黑的石面布滿花花的白苔，朝外一望，才明白為甚麼要叫鷹巢了。原來整個店就岌岌可危地棲在桌山西臺的懸崖邊上，不安的目光失足一般，順著沙岩最西端的陡坡一路落啊落下去，一直落到大西洋岸的克利夫敦鎮，被一片暖紅的屋頂和前仆後繼的白浪所托住。再向南看去，儘管天色晴明，只見山海相繆，峰巒交錯，蜿蜒南去的大半島節外生枝，又不知伸出多少小半島和海岬，彼此相掩，豈是一望能盡？畢竟，我只是危棲在鷹巢上而不是鷹，否則將騰身而起，鼓翅而飛，而逐「飛行的荷蘭人」（The Flying Dutchman）之怨魂於長風與遠浪之間。

「你的咖哩牛肉來了，」淡巧克力膚色的女侍端來了熱騰騰的午餐。

大家也眞餓了，便大嚼起來。坐在這麼岌岌而高的露臺上，在四圍的山色與海氣之中，雖然吃的是館店的菜，卻有野餐的豪興。這是南半球盛夏的午晴時光，太陽照在身上，溫暖而不燠燥，不過攝氏廿五、六度的光景。風拂在臉上，清勁而脆爽，令人飄然欲舉，有遠颺之意。這感覺，滿山的高松和銀樹（silver tree）似乎都同意。不知從哪裏飛來了兩隻燕八哥，黑羽像緞一般亮，逕自停在我肘邊的寬石欄上，啄起麵包屑來。

3

「你看，山頂在起雲了，」我存指著遠處說。

這時正是黃昏，我們已經回到旅館。房間在二十七樓，巨幅的玻璃長窗正對著的，仍是那天荒地老永不磨滅的桌山。那山的龐沛體魄，密實肌理，從平地無端端地崛起，到了半空又無端端地向横裏一切，削成一片三公里長的平臺，把南天鄭重頂住，儘管遠在五公里外，仍然把我的窗子整個塡滿。要是我離窗稍遠，就只見山色，不見天色了。

我們在開普敦住了三天，最令我心動而目隨的，就是這屛山。雖然絕對的海拔只有一〇八七公尺，卻因憑空湧起，一無依傍，而東西横行的山勢端端正正地對著下面蜷伏的海城，具有獨當一面之尊，更因魔鬼峰盤據在右，獅頭山鎭守在左，倍增氣勢。最壯人心目的，當然還是桌山的大平頂，那奇特的輪廓與任何名山迥不相同，令人一瞥不忘。那形像，一切過路的水手在兩百公里外都能眺見。

熟悉開普敦的人都認爲：沒有桌山就沒有開普敦，他矗立在海天之間，若一道神造的巨石屛風，爲腳底這小嬰城擋住兩大洋的風雨。中國人把山的北面叫做山陰，開普敦在南半球，緯度相當於徐州與西安，日照的關係卻正好倒過來，等於在山之陽，有這座巨壁來蔽風留日，氣候自然大不相同。他俯庇著開普敦，太顯赫，太重要了，絕非甚麼 background，而是一大 presence，抬頭，永在那上面，實爲一大君臨，一大父佑。他矗起在半空，領受開普敦人的瞻仰崇拜，每年且以兩名山難者來祭山，簡直成了一尊圖騰，啊不，一尊愛康。若說開普敦是七海投宿的客棧，那桌山，正是無人不識的頂天店招。

八億年前，桌山的前身原爲海底的層層頁岩，由遠古大陸的原始河水沖入海中，沈澱累積而成。兩億年後，其中侵入花崗岩火熱的熔漿，包藏不住，天長地久的層積便湧出海來。歷經多次的地質變動，一億八千萬年以前，叫做岡瓦納蘭（Gondwanaland）的超級大陸，發生板塊移動，或許就是南美洲與非洲砉砉分裂吧，桌山的前世因地殼變形彎曲，升出海面六公里之高，而表面也裂了開來，經過氣候的侵蝕，變成了今日東西臺之間的峭峽（Platteclip Gorge）。

比起這些太古史來，梵利別克三百年前在山腳建城，簡直像是新聞了。人類對這尊石神一般的父山，破壞之劇不下於萬古的風雨。錫礦與金礦曾在山上開採。爲了建五座水壩並通纜車，也多次炸山。而損害尤烈的，是五十年來一直難以控制的頻仍山火。儘管如此，桌山上能開的花，包括紫紅的蒂莎（disa）、豔紅的火石南（fire heath），和號稱南非國花而狀在曇花與葵花之間的千面花（protea），品種多達一千五百以上，據說比英倫三島還要繁富。我國古代崇拜名山，帝王時常登山祭天祀地，謂之封禪。南非的古蹟委員會（Historical Monuments Commission）也在一九五七年尊封此山爲自然古蹟（natural monument）。

「你看哪，雲愈來愈多了！」我存在窗口興奮地叫我。

「趕快準備相機！」我也叫起來。

輕紗薄羅似的白雲，原來在山頭窺探的，此刻旺盛起來，紛從山後冉冉上升。大股的雲潮從桌山和魔鬼峰的連肩凹處沸沸揚揚地洶湧而來。幾分鐘後，來勢更猛，有如決堤一般。大舉來犯的雲陣，翻翻滾滾，一下子就淹沒了整座桌山的平頂。可以想見，在這晴豔豔的黃昏，開普敦所有的眼睛都轉向南天仰望。

「這就是有名的鋪桌布了，」我說。

「眞是一大奇景。普通的雲海那有這種動態？簡直像山背後有一隻大香爐！」

「而且有仙人在搧煙，」我笑說。「眞正的大香爐其實是印度洋。」

「印度洋？」我存笑問。

「對啊，這種鋪桌布的景象要湊合許多條件，才能形成。」說著，我把海岬半島的地圖向她攤開。「因爲地球自轉的關係，南半球三十五度到四十度的緯度之間，以反時鐘的方向吹著強烈的東南風。在非洲南端，這東南風就是從印度洋吹向南非的東南海岸。可是南非的山脈沿海不斷，東南風受阻，一路向西尋找缺口，到了開普敦東南方，終於繞過跟好望角隔海相對的漢克立普角，浩浩蕩蕩刮進了福爾斯灣——」

「福爾斯灣在哪裏？」她問。

「這裏，」我指著好望角右邊那一片亮藍。「風到此地，濕度大增。再向西北吹，越過半島東北部一帶的平原，又被阻於桌山系列，只好沿著南邊的坡勢上升。升到山頂，空氣驟然變冷，印度洋又暖又潮的水氣收縮成大團大團的白雲，一下子就把山頭罩住了。」

「爲甚麼偏偏罩在這桌山頭上呢？」她轉向長窗，乘雲勢正盛，拍起幻燈片來。

「因爲桌山是東西行，正好垂直當風。要是南北行，就聚不了風了，加以山形如壁，橫長三公里多，偏偏又是平頂，所以就鋪起桌布來了。」

「而且布邊還垂掛下來，眞有意思。」她停下相機，若有所思。「那又爲甚麼不像瀑布，一路瀉下山來呢？你看，還沒到半坡，就不再往下垂了。」

「風起雲湧，是因爲碰上山頂的冷空氣。你知道，海拔每升高一千英尺，氣溫就下降——」

「四度吧？」她說。

「——下降華氏五度半。相反地，雲下降到半山，氣溫升高，就化掉了。所以，桌布不掉下來。」

「今天我們在山頂午餐，風倒不怎麼大，」她放下相機說。

「據說上午風勢暫歇，猛吹，是在下午。開普敦名列世界三大風城，反而冬天風小，夏天風大。夏天的東南風發起狠來，可以猛到時速一百二十公里，簡直像高速路上開車一樣了。從十月到三月，是此地的風季。本地人據說都怕吹這狂放的東南風，叫它 south-easter，但是另一方面，又叫它做 Cape Doctor ——」

「海岬醫生？甚麼意思？」

「因爲風大，又常起風，蚊蚋蒼蠅之類都給吹跑了，烏煙瘴氣也全給驅散。所以開普敦的空氣十分乾淨。」

「又能變化風景，又能促進健康，太妙了，」她高興地說。

「眞是名副其實的『風景』了，」我笑指桌山。「你看，桌布既然鋪好，我們也該下樓去吃晚飯了吧。」

4

飯後，回到廿七樓的房間，兩人同時一聲驚詫。長窗外壯觀的夜景，與剛才黃昏的風景，簡直是兩個世界。下面的千街萬戶，燈火燦明錯密，一大盤珍珠裏閃著多少冷翡翠、熱瑪瑙，啊，看得人眼花。上面，啊，那橫陳數里一覽難盡的幻象，深沈的黛綠上間或泛著虛青。有一種燐光幽昧的感覺，美得詭祕，隱隱然令人不安。像一幅宏大得不可能的壁畫，又像是天地間懸著的一幅巨毯，下臨無地，祟現在半空，跟下面的燈火繁華之間隔著淵面，一片黑暗，全脫了節。

我們把房裏的燈全熄掉，驚愕無言地立在窗口，做一場瞠目的壯麗夢魘。非洲之夜就是這樣的麼？等到眼睛定下神來，習於窗外的天地，乃發現山腰有好幾盞強光的腳燈，五盞吧，正背著城市，舉目向上炯炯地探照。光的效果異常可驚，因爲所有的懸崖突壁都向更高處的岩面投影，愈顯得誇大而曳長。就這麼一路錯疊上去，愈高愈暗，要注目細察，才認出朦朧的平頂如何與夜天相接，而平頂的極右端，像一閃淡星似地，原來是與人間一線交通的纜車頂站。後來才知道，那一排腳燈的亮度是一千六百萬燭光。

半夜起來小便，無意間跟那幻景猛一照面，總會再吃一驚。也許是因爲全開普敦都睡著了，而桌山，那三億五千萬歲的巨靈，卻正在半空，啊，醒著。

——八十年二月

重遊西班牙

重遊西班牙，在地中海古港的巴塞隆納一連住了八天。開會之餘，喜逢當地的聖喬治節兼玫瑰節，仰瞻了高地設計的哥德式兼現代風的聖家大教堂，看了兩場佛拉曼戈舞，一場鬥牛，印象都很深刻。七年前初遊該城，是在盛夏，一來太熱，二來只住了兩晚，不曾全心投入。但是這次重遊，卻深深愛上了這海港。

一連八天的豔陽，對旅客眞是慷慨的神恩。偏是四月下旬，空氣裏有淡淡的樹味和草香，還有一些些海的氣息，令人有輕舉遠颺的幻覺。這海港，在北歐人看來已經是溫柔的南國了，其實緯度不低，相當於我國的瀋陽，所以中午雖然溫暖而不燠燥，早晚卻降到攝氏十三、四度，有如高雄的深冬。

巴城的小巷，卡塔朗文叫做 carrer，相當於西班牙文的 calle，也像西班牙典型的巷子一樣，雖然狹窄，卻絕非陋巷，因爲既無垃圾，也無停車或攤販，更無家醜外揚的晾衣。乾爽整潔的巷道鋪著古色古香的石板或卵石，最便收聽深弄的回聲，尤其是寂寞的腳步。兩側的高窗和露臺，總有幾盆鮮花映照著天藍。有些巷子還有拱門拱舉著橋屋，更別致動人。有的人家，古典的鐵門上還銜著銅環，誘人敲叩。走在這樣的深巷裏，幽靜而又神祕，眞教人發思古之情，就算是迷路吧，最多是誤入中世紀而已。反倒是走穿了，不幸又回到沒有傳說的當代。

最令我安慰的，是我所住的哥倫布旅館，隔著多鴿的廣場，與古老的巴塞隆納大教堂（Catedral de Barcelona）巍巍相對。那是一座典型的哥德式教堂，但是石壁潔淨，塔影在莊嚴之中透出纖秀，而更可喜的是還有一座鐘樓，每過一刻鐘就要把光陰敲入歷史。每日清早，悠緩的鐘聲把我輕輕地搖醒；同時，清澈的金曦也上了我落地窗外的陽臺。

白天的廣場是灰鴿子的地盤，人多的時候鴿群也不避人。有時候，燕子也翩翩飛來，但是輕靈的身影所掠，是較高的天色，那麼活潑倏忽的穿刺，令整個廣場都生動起來。最高的是海鷗，翅力強勁，在港的上空那麼君臨著風雲，超然穩健地迴翔。黃昏時分，鷗群就繞塔而飛，終於棲止在塔頂。

越過廣場，走進大教堂，立刻就把全世界關在門外了。我是大教堂的崇拜者，對巍峨與肅靜的崇拜超過了對神。幾乎，我從不拒絕一座大教堂的召喚，總忍不住要步入中世紀去，探個究竟。每當外面的陽光一下子穿透了玻璃彩窗，我總是驚喜地仰起面去，接受一瞬間壯麗的天啓。

——八十一年五月

紅與黑

——巴塞隆納看鬥牛

1

四月下旬，去巴塞隆納參加國際筆會的年會，乃有西班牙之旅。早在七年前的夏天，就和我存去過愛比利亞半島，這次已是重遊。不過上次的行蹤，從比斯開灣一直到地中海，包括自己駕車，從格拉納達經馬拉加到塞維利亞，再經科爾多巴回到格拉納達，廣闊得多了。這次會務在身，除了飛越比利牛斯山壯麗的雪峰之外，一直未出巴塞隆納，所以談不上什麼壯遊。我最傾心的西班牙都市，既非馬德里，也非巴城，而是格拉納達、托雷多那樣令人屏息驚豔的小鎮。

儘管如此，這一回在巴塞隆納卻有三件事情，是我上回未曾身歷，而令我的「西班牙經驗」更爲充實。其一是兩度瞻仰了建築大師高帝設計的組塔，聖家大教堂（La Sagrada Familia d'Antoni Gaudí），不但在下面仰望，而且直攀到塔頂俯觀。

其二是正巧遇上四月廿三日的佳節，不但是天使長聖喬治的慶典，更是浪漫的玫瑰日，所以糕餅店的櫥窗裏都掛著聖喬治在馬上挺矛鬥龍的雕像，蛋糕上也做出相似的圖形，廣場的花市前擠滿了買玫瑰的男人，至於書攤前面，則擠滿了買書給男友的女子。躬逢盛會，我們追逐著人潮，也沾了節日的喜氣。不過那一天也是塞凡提斯的忌辰，西方兩大作家，莎士比亞與塞凡提斯，都在一六一六年四月廿三日逝世，但是就我在巴塞隆納所見，那一天對《唐吉訶德》的作者，似乎並無紀念的活動。

巴塞隆納是西班牙第一大港、第二大城，人口近二百萬。中世紀後期，它是阿拉貢王國的京都。二次大戰之前曇花一現的卡塔羅尼亞共和國，也建都於此。當地人說的不是以加斯提爾爲主的正宗西班牙語，而是糅合了法語和意大利語的卡塔朗語（Catalan），把聖喬治叫做 Sant Jordi。市政府宮樓的拱門上，神龕供著一尊元氣淋漓的石雕，正是屠龍的天使聖喬治。

但那是中世紀的傳說了。這一次在巴城，我看到的，是另一種的人與獸鬥。

2

鬥牛，可謂西班牙的「國鬥」，不但是一大表演，也是一大典禮。這件事英文叫 bull-fighting，西班牙人自己叫 corrida de toros，語出拉丁文，意謂「奔牛」。牛可以鬥，自古已然。早在羅馬帝國的時代，已經傳說拜提卡（Baetica，安達露西亞之古稱）有鬥牛的風俗，矯捷的勇士用矛或斧殺死蠻牛。五世紀初，日爾曼蠻族南侵，西哥德人據西班牙三百年，此風不變，而且傳給了路西塔諾人（Lusitanos，葡萄牙人古稱）。其後愛比利亞半島陷於北非的摩爾人，幾達八世紀之久（七一一至一四九二）；因爲回教徒善於騎術，便改爲在馬背上持矛鬥牛，且命侍從徒步助鬥，一時蔚爲風氣。於是在塞維利亞、科爾多巴、托雷多等名城，古羅馬所遺的露天圓場，紛紛改修爲鬥牛場。至於小鎮，則多半利用城內的廣場（plaza），所以後來鬥牛場就叫做 plaza de toros。

一四九二年是西班牙人最感自豪的一年，因爲就在這一年，聯姻了廿三載的阿拉貢國王費迪南與加斯提爾女王伊莎貝拉，終於將摩爾人逐出格拉納達，結束了回教漫長的統治，而且在女王的支持下，哥倫布抵達了西印度群島。此事迄今恰滿五百年，所以西班牙今年在巴塞隆納舉辦奧運，更在塞維利亞展開博覽會，特具歷史意義。不過，回教徒雖被趕走，馬上鬥牛的風俗卻傳了下來，成爲西班牙貴族之間最流行的競技。十六世紀初年，神聖羅馬帝國的皇帝查理五世，更在王子的生日不惜親自揮矛屠牛，以博取臣民的愛戴。

後來鬥牛的方式迭經演變，先是殺牛的長矛改成短矛，到了一七〇〇年，貴族竟然改成徒步鬥牛，卻叫侍從們騎馬助陣。十八世紀初年，飼養野牛成了熱門生意，不但西班牙、葡萄牙、法國、意大利的皇室，甚至西班牙的天主教會，也都競相飼養特佳的品種，供鬥牛之用。終於教廷不得不出面禁止，說犯者將予驅逐出教。貴族們這才怕了，只好讓給專業的下屬去鬥。這些下屬爲了階級的顧忌，乃棄矛用劍。

今制的西班牙鬥牛，已有將近三百年的歷史。現今的主鬥牛士（matador，亦稱 espada）一手持劍（estoque），一手執旗（muleta），即始於十八世紀之初。所謂的旗，原是一面嗶嘰料子的紅毛披風，對摺地披在一根五十六公分的杖上。早在一七〇〇年，著名的鬥牛士羅美洛（Francisco Romero）在安達露西亞出場，便率先如此使用旗劍了。

3

有人不禁要問了：「憑甚麼鬥牛會盛行於西班牙呢？」原來這種驃悍的蠻牛是西班牙的特產，尤以塞維利亞的繆拉飼牛場（Ganadería de Miura）所產最爲勇猛，觸死鬥牛士的比率也最高。大名鼎鼎的曼諾雷代（Manolete），才三十歲便死於其角下。公認最偉大的鬥牛士何賽利多（Joselito）也死在這樣的沙場。其實每一位鬥牛士每一季至少會被牛牴傷一次，可見周旋牛角尖的生涯終難倖免。據統計，三百年來成名的一百廿五位主鬥牛士之中，死於碧血黃沙的場中者，在四十人以上。

最幸運的要推貝爾蒙代（Juan Belmonte）了，一生被牴五十多次，卻能功成身退，改業飼牛。貝爾蒙代之功，當然不在屢牴不死，而在鬥牛風格之提升。在他之前，一場鬥牛的高潮全在最後那致命的一劍。而他，瘦小的安達露西亞人，卻把焦點放在「逗牛」上，紅旗招展之際，把牛頭上那兩柄阿剌伯彎刀引近身來，成了穿腸之險，心腹之患，卻在臨危界上，全身而退。萬千觀眾期望於鬥牛士的，不僅是藝高、膽大，還要臨危不亂的雍容優雅（skill, daring, and grace），這便有祭拜死神的典禮意味了。所以鬥牛這件事，表面是人獸之鬥，其實是人與自己搏鬥，看還能讓牛角逼身多近。

拉丁美洲盛行鬥牛的國家，從北到南，是墨西哥、委內瑞拉、哥倫比亞、祕魯。墨西哥城的鬥牛場可坐五萬觀眾。最盛的國家當然還是發源地西班牙，廿世紀中葉以來，鬥牛場之多，達四百座，小者可坐一千五百人，大者，如馬德里和巴塞隆納的鬥牛場，可坐兩萬人。

4

此刻我正坐在巴塞隆納的「猛牛莽踏」鬥牛場（Plaza de Toros Monumental），等待開鬥。正是下午五點半鐘，一半的圓形大沙場還曝在西曬下。我坐在陰座前面的第二排，中央偏左，幾乎是正朝著沙場對面豔陽旺照著的陽座。一排排座位的同心圓弧，等高線一般層疊上去，疊成拱門掩映的樓座，直達圓頂，便接上卡塔羅尼亞的藍空了。觀衆雖然只有四成光景，卻可以感到期待的氣氛。

忽然掌聲響起，鬥牛士們在騎士的前導下列隊進場，繞行一周。一時錦衣閃閃，金銀交映著斜暉，行到臺前，市長把牛欄的鑰匙擲給馬上的騎士。於是行列中不鬥第一頭牛的人一齊退出場去，只留下幾位鬥士執著紅旗各就崗位。紅柵門一開，第一頭牛立刻衝了出來。

海報上說，今天這一場要殺的六頭牛，都是葡萄牙養牛場出品的「勇猛壯牛」（bravos novillos）。果然來勢洶洶，挺著兩把剛烈的彎角，刷動長而遒勁的尾巴，結實而堅韌的背肌肩腱，掠過鮮血一般的木柵背景，若黑浪滾滾地起伏，轉瞬已捲過了半圈沙場。這一團獰然墨黑的盛怒，重逾千磅，正用鼓槌一般的四蹄疾踐著黃沙，生命力如此強旺，卻註定了若無「意外」，不出廿分鐘就會仆倒在殺戮場上。

三個黑帽錦衣的助鬥士揚起披風，輪番來挑逗怒牛。這雖然只是主鬥士上場的前奏，但是身手了得的助鬥士仍然可以一展絕技，也能博得滿場采聲。不過助鬥士這時只用一隻手揚旗，爲了主鬥士可以從旁觀察，那頭牛是慣用左角或右角，還是愛雙角並用來牴人。不久主鬥士便親自來逗牛了，所用的招數叫做 verónica，可以譯爲「立旋」。只見他神閒氣定，以逸待勞，立姿全然不變，等到奔牛近身，才把那面張開的大紅披風向斜裏緩緩引開，讓仰挑的牛角撲一個空。幾個回合（pass）之後，號角響起，召另一組助鬥士進場。

兩位軒昂的騎士，頭戴低頂寬邊的米黃色大帽，身穿錦衣，腳披護甲，手執長矛，緩緩地馳進場來。眞刀眞槍、血濺沙場的鬥牛，這才正式開始。野牛屢遭逗戲，每次撲空，早已很不耐煩了，一見新敵入場，又是人高馬大，目標鮮明，便怒奔直攻而來。牛背比馬背至少矮上二尺，但憑了蠻力的衝刺，竟將助鬥士的長矛手（picador）連人帶馬頂到紅柵牆下，狠命地牴住不放。可憐那馬，雖然戴了眼罩，仍十分驚駭。爲了不讓牛角破肚穿腸，牠周身披著過膝的護障，那是厚達三吋的壓縮棉胎，外加皮革與帆布製成。正對峙間，馬背上的助鬥士奮挺長矛，向牛頸與肩胛骨的關節猛力搠下，但因矛頭三、四吋處裝有阻力的鐵片，矛身不能深入，只能造成有限的傷口。只見那矛手把長矛抵住牛背，左右扭旋，要把那傷口挖大一些，看得人十分不忍。

「好了，好了，別再戳了！」我後面的一些觀衆叫了起來。人高馬大，不但保護周全，且有長矛可以遠攻，長矛手一面佔盡了便宜，一面又沒有什麼優雅好表演，顯然不是受歡迎的人物。號角再起，兩位長矛手便橫著沾血的矛，策馬出場。

緊接著三位徒步的助鬥士各據方位，展開第二輪的攻擊。這些投鎗手（banderilleros）兩手各執一枝投鎗（banderilla），其實是一枝扁平狹長的木棍，綴著紅黃相間的彩色紙，長七十二公分，頂端三公分裝上有倒鉤的箭頭。投鎗手錦衣緊紮，步法輕快，約在二十多碼外猛揮手勢加上吆喝，來招惹野牛。奔牛一面衝來，他一面迎上去，卻稍稍偏斜。人與獸一合即分，投鎗手一挫身，跳出牛角的觸程，幾乎是相擦而過。定神再看，兩枝投鎗早已顫顫地斜插入牛背。

牛一衝不中，反被鎗刺所激，回身便來追牴。投鎗手在前面奔逃，到了圍牆邊，用手一搭，便跳進了牆內。氣得牛在牆外，一再用角撞那木牆，砰然有聲。如果三位投鎗手都得了手，牛背上就會披上六枝投鎗，五色繽紛地搖著晃著。不過，太容易失手了，加以鎗尖的倒鉤也會透脫，所以往往牛背上只披了兩三枝鎗，其他的就散落在沙場。

銅號再鳴，主鬥士（matador）出場，便是最後一幕了，俗稱「眞象的時辰」。這是主鬥士的獨腳戲，由他獨力屠牛。前兩幕長矛手與投鎗手刺牛，不過是要軟化孔武有力的牛頸肌腱，使牠逐漸低頭，好讓主鬥士施以致命的一劍。這時，幾位助鬥士雖也在場，但絕不插手，除非主鬥士偶爾失手，紅旗被牴落地，需要他們來把牛引開。

主鬥士走到主禮者包廂的正下方，右手高舉著黑絨編織的平頂圓帽，左手握著劍與披風，向主禮者隆重請求，准他將這頭牛獻給在場的某位名人或朋友，然後把帽拋給那位受獻人。

接著他再度表演逗牛的招式，務求憤怒的牛角跟在他肘邊甚至腰際追轉，身陷險境而臨危不亂，常保修挺倜儻的英姿。

這時，重磅而迅猛的黑獸已經緩下了攻勢，勃怒的肩頸鬆弛了，龐沛的頭顱漸垂漸低，腹下的一綹鬃毛也萎垂不堪。而尤其可驚的，是反襯在黃沙地面的黑壓壓雄軀，腹下的輪廓正劇烈地起伏，顯然是在喘氣。投鎗蝟集的頸背接榫處，正是長矛肆虐的傷口，血的小瀑布沿著兩肩膩滯滯地掛了下來，像披著死亡慶典的綬帶。不但沙地上，甚至在主鬥士描金刺繡的緊身錦衣上，也都沾滿了血。

其實紅旗上濺灑的血跡更多，只是紅上加紅，不明顯而已。許多人以爲紅色會激怒牛性，其實牛是色盲，激怒牠的是劇烈的動作，例如舉旗招展，而非旗之色彩。鬥牛用紅旗，因爲沾上了血不惹目，不顯腥，同時紅旗本身又鮮麗壯觀，與牛身之純黑形成對比。紅與黑，形成西班牙的情意結，悲壯得多麼慘痛、熱烈。

那劇喘的牛，負著六枝投鎗和背脊的痛楚，吐著舌頭，流著鮮血，才是這一齣悲劇，這一場死亡儀式的主角。只見牠怔怔立在那裏，除了雙角和四蹄之外，通體純黑，簡直看不見什麼表情，眞是太玄祕了。牠就站在十幾碼外，一度，我似乎看到了牠的眼神，令我凜然一震。

鬥牛士已經裸出了細長的劍，等在那裏。最終的一刻即將來到，死亡懸而不決。這致命的一搠有兩種方式，一是「捷足」（volapié），人與獸相對立定，然後互攻；二是「待戰」（recibiendo），人立定不動，待獸來攻。後面的方式需要手準膽大，少見得多。同時，那把絕命劍除了殺牛，不得觸犯到牛身，要是違規，就會罰處重款，甚至坐牢。

第一頭牛的主鬥士叫波瑞羅（Antonio Borrero），綽號小伙子（Chamaco），在今天三位主鬥士裏身材確是最小，不過五呎五、六的樣子。他是當地的鬥牛士，據說是吉普賽人。他穿著緊身的亮藍錦衣，頭髮飛揚，儘管個子不高，卻傲然挺胸而顧盼自雄。好幾個回合逗牛結束，只見他從容不迫地走到紅柵門前，向南而立。牛則向北而立，人獸都在陰影裏，相距不過六、七呎。他屏息凝神，專注在牛的肩頸穴上，雙手握著那命定的窄劍，劍鋒對準牛脊。那牛，仍然是文風不動，只有血靜靜在流。全場都憋住了氣，一片睽睽。驀地藍影朝前一衝，不等黑軀迎上來，已經越過了牛角，掃過了牛肩，閃了開去。但他的手已空了。回顧那牛，頸背間卻多了一截劍柄。噢，劍身已入了牛。立刻，牠吐出血來。

我失聲低呼，不知如何是好。不到二十秒鐘，那一千磅的重加黑頹然仆地。

滿場的喝采聲中，我的胃感到緊張而不適，胸口沉甸甸的，有一種共犯的罪惡感。

後來我才知道，那致命的一劍斜斜插進了要害，把大動脈一下子切斷了。緊接著，藍衣的鬥牛士巡場接受喝采，一位助鬥士卻用分骨短刀切開頸骨與脊椎。一個馬伕趕了並轡的三匹馬進場，把牛屍拖出場去。黑罩遮眼的馬似乎直覺到什麼不祥，直用前蹄不安地扒地。幾個工人進場來推沙，將礙眼的血跡蓋掉。不久，紅柵開處，又一頭神旺氣壯的黑獸踹入場來。

5

這一場鬥牛從下午五點半到七點半，一共屠了六頭牛，平均每二十分鐘殺掉一頭。日影漸西，到了後半場，整個沙場都在陰影裏了。每一頭牛的性格都不一樣，所以鬥起來也各有特色。主鬥士只有三位，依次輪番上場與烈牛決戰，每人輪到兩次。第一位出場的是本地的波瑞羅，正是剛才那位藍衣快劍的主鬥士。他後面的兩位都是客串，依次是瓦烈多里德來的桑切斯（Manolo Sanchez），瓦倫西亞來的帕切科（Jose Pacheco）。兩人都比波瑞羅高大，但論出劍之準，屠牛手法之利落，都不如他。所以鬥牛士不可以貌相。

鬥第二頭牛時，馬上的長矛手一出場，怒牛便洶洶奔來，連人帶馬一直推牴到紅柵門邊，角力似地僵持了好幾分鐘。忽然觀眾齊聲驚叫起來，我定睛一看，早已人仰馬翻，只見四隻馬蹄無助地戟指著天空，竟已不動彈了。

「一定是死了！」我對身邊的泰國作家說，一面為無辜的馬覺得悲傷，一面又為英勇的牛感到高興。可是還不到三、四分鐘，長矛手竟已爬了起來，接著把馬也拉了起來。這時，三、四位助鬥士早已各展披風，把牛引開了。

鬥到第三頭牛，主鬥士帕切科在用劍之前，揮旗逗牛，玩弄堅利的牛角，那一對死神的觸鬚，於肘邊與腰際，卻又屹立在滔滔起伏的黑浪之中，鎮定若一根砥柱。中國的水牛，彎角是向後長的。西班牙這黑凜凜的野牛，頭上這一對白角，長近二呎，恍若回教武士的彎刀，轉了半圈，刀尖卻是向前指的。只要向前一衝一牴，配合著黑頭一俯一昂，那一面大紅披風就會猛然向上翻起，看得人心驚。帕切科露了這一手，引起全場采聲，回過身去，錦衣閃金地揮手答謝。不料立定了喘氣的敗牛倏地背後撞來，把他向上一掀，騰空而起，狼狽落地。驚呼聲中，助鬥士一擁而上，圍逗那怒牛。帕切科站起來時，緊身褲的臀上裂開了一呎的長縫。幸而是雙角一齊托起，若是偏了，裂縫豈非就成了傷口？

那頭牛特別蠻強，最後殺牛時，連搠兩劍，一劍入肩太淺，另一劍斜了，脫出落地。那牛，負傷累累，既擺不脫背上的標鎗，又撞不到狡猾的敵人，吼了起來。吼聲並不響亮，但是從牠最後幾分鐘的生命裏，從那痛苦而憤怒的黑谷深處勃然逼出，沈洪而悲哀，卻令我五內震動，心靈不安。然而牠是必死的，無論牠如何英勇奮鬥，最後總不能倖免。牠的宿命，是輪番被矛手、鎗手、劍手所殺戮，外加被詭譎的紅旗所戲弄。可是當初在飼牛場，如果牠早被淘汰而無緣進入鬥牛場，結果也會送進屠宰場去。

究竟，哪一種死法更好呢？無聲無臭，在屠宰場中集體送命呢，還是單獨被放出欄來，插鎗如披彩，流血如掛帶，追逐紅旗的幻影，承當矛頭和刃鋒的咬噬，在只有入口沒有出路的沙場上奔踹以終？西班牙人當然說，後一種死法才死得其所啊：那是眾所矚目，死在大名鼎鼎的鬥牛士劍下，那是光榮的決鬥啊，而我，已是負傷之軀，疲奔之餘，讓他的了。在所謂 corrida de toros 的壯麗典禮中，真正的英雄，獨來獨往而無所恃仗，不是鬥牛士，是我。

想到這裏，場中又響起了掌聲。原來死牛的雙耳已經割下，盛在絨袋子裏，由主禮者拋贈給主鬥士。據說這也是典禮的一項：鬥得出色，獲贈一隻牛耳；更好，贈耳一雙；登峰造極，則再加一條牛尾。同時，典禮一開始就接受主鬥士飛帽獻牛的受獻人，也把這頂光榮之帽擲回給主鬥士，不過帽裏包了賞金或禮品。

夕陽西下，在漸寒的晚涼之中，我和同來的兩位泰國作家回到哥倫布旅館，興奮兼悲憫籠罩著我們。

「這種事，在泰國絕對不准！」妮妲雅說。

整個晚上我的胸口都感到重壓，呼吸不暢。閉上眼睛，就眩轉於紅旗飄展，黑牛追奔，似乎要陷入紅與黑相銜相逐的漩渦。更可驚的，是在這不安的罪咎感之中，怎麼竟然會透出一點嗜血的滋味？只怕是應該乘早離開西班牙了。

——八十一年五月

雨城古寺

1

三訪西班牙，最稱心的一件事，便是我在進香客棧（Hotel Peregrino）的房間高踞八樓，西望全城，一片橘紅色屋頂的盡處，正對著那千年古寺黑矗天際的雙塔。白晝或是夜晚，晴日或是陰天，幢幢的塔影永遠在那裏，守著這小城虔敬的天空。尤其是深夜，滿城的燈火已經冷落，卻依舊托出它高肅的輪廓，仍在那上面，護佑著夢裏的千萬信徒。下雨的日子它仍在天邊，撐著比中世紀更低壓的陰雲，黤黯的魁偉依舊挺峭，只是隔雨看來，帶了幾分淒清。

小城是多雨的，卻下得間歇而飄忽，不像連綿不斷的淫雨那樣令人厭畏。旅遊家凱因（Robert Kane）的書裏危言警告：「來遊的人，務必要帶雨傘、雨衣，還有——只要你的行李裴得下——套鞋。」除了套鞋，我都帶了，也都用了，而且絕對不止一次。有一次簡直不夠用，因爲雨來得大而且急。偏偏那一次天恩就沒有隨身帶傘，只好與我共撐。我雖然還穿了雨衣，褲子仍然濕透。

後來就算晴天出門，也逼得天恩同時帶傘。雨是沒有一天不下，有時一天下好幾場，忽而霏霏，忽而滂沱。一時雨氣瀰漫，滿城都在薄薄的灰氛裏，行人奔竄四散，留下廣場的空曠。天恩和我也屢屢避進大教堂，或是人家的門下。只要不往身上淋，只要不帶來水災，雨，總是可喜的，像是天在安慰地，並爲萬物滌罪去汙，還其清純。八年來久居乾旱的高雄，偶爾一場快雨，都令我驚喜而清爽。小城多雨，街上無塵，四野的樹叢綠得分外滋潤，人家的紅頂白牆也更加醒眼了。

愛比利亞半島是一塊乾燥的高臺地，但是在加利西亞（Galicia）這一帶，卻蔥蘢而多雨。在此地，問人昨天是晴是陰，答案很難確定，因爲雨一定是下過了，但天也似乎一度放晴。雨霽的天穹藍得不可思議，雲羅飛得那樣潔白、滑爽，害得原本莊重肅穆的大教堂尖頂，幾乎都要乘風而起追雲而去了。

小城的晴天有一種透明而飄揚的快感，那是因爲雨歇日出的關係。令我記憶深刻的，卻是雨中的小城。總是從幾點雨滴灑落在臉上開始，抬頭看時，水墨滲漫的雨雲已經壓在廣場的低空，連大教室的尖頂也淹沒在滃鬱的霧氛裏了。雨腳從遠處掃射過來，濺起滿地的白氣蒸騰。雨傘叢生，像一片蠕蠕的黑蕈，我的頭上也開了一朵。滿巷的黑傘令人想起「瑟堡的雨傘」，淒清得祟人。那張法國片子究竟發生了什麼，早就忘了，但是傘影下那海峽雨港的氣氛，卻揮之不去。雨，眞是一種慢性的糾纏，溫柔的縈擾。往事若是有雨，就更令人追懷。我甚至有一點迷信，我死的日子該會下雨，一場雨聲，將我接去。

我帶去西班牙的，是一把小黑傘，可以折疊，傘柄還能縮骨，但一按開關，倏地彈開，卻爲我遮擋了大西洋岸的滿天風雨，因爲這加利西亞的小城離海只有五、六十公里。進香客只要一直朝西，不久就到了天涯海角，當地人稱爲「地之盡頭」（Finisterre）。據說公元前二世紀，羅馬兵抵達此地，西望海上日落，凜然而生虔敬的畏心。小城雖小，名氣卻很大，因爲耶穌的使徒雅各，聖骸葬在此地。中世紀以來，迢迢一條朝聖之路，把無數虔敬的教徒帶來此地，也帶來了我，一位虔敬的非教徒。

2

小城名叫聖地牙哥，位於西班牙的西北角，人口不過七萬五千，在中國人之間知者寥寥，但在天主教的世界，排名卻僅在耶路撒冷和羅馬之下，成爲進香客奔赴的第三聖城。遠從紐約、巴黎、法蘭克福，一架架的班機把朝聖者載來這裏。但是在一千年前，虔敬的朝聖者卻是戴著海扇徽帽，披著大氅，揹著行囊，拄著牧杖，杖頭掛著葫蘆，遠從法國邊境，越過白巍巍的比利牛斯山，更沿著崁塔布連的橫嶺一路朝西，抵達這聖地牙哥之路（Camino de Santiago）的終站。年復一年，萬千的香客不畏辛苦，絡繹於途，喬叟《康城故事》裏的豪放女，那著名的巴斯城五嫁婦人，也在其列，只爲了來這小城，向聖約翰之兄，耶穌的使徒大雅各（St. James the Greater）膜拜頂禮。

聖雅客是西班牙的守護神，因爲當年祂追隨耶穌，被希律王殺害，用刀斬首，據說遺體被帆船運來西班牙，隔日便到。聖地牙哥西南的河港巴德隆（Padron，西班牙文「紀念碑」之意），還有一塊巨石，迄今有人指點，說是當年之舟。另一傳說則是當年載聖骸來此的，是一艘大理石船。一位武士見船入港，坐騎受驚，連人帶馬躍入海中。武士攀上大理石船，始免溺水，但衣上卻附滿了海扇殼。也就因此，扇形的貝殼成了聖雅各的象徵，出現在本地一切的紀念品、旗幟、或海報上。在我所住的「進香客棧」的外牆上，巨幅壁畫就以香客的三大標誌：牧杖、葫蘆、海扇殼來構圖。

公元八一三年，隱士斐拉由（Pelayo）夜見星光燦爛，照耀原野，循光一路前行，竟在林中發現了聖雅各的古墓。他向國王阿芳索二世（Alfonso II）及狄奧多米洛主教（Bishop Teodomiro）陳述此事，國王便在墓地蓋了一座教堂，主教也決定身後埋骨於此，其地乃稱孔波斯泰拉（Compostela），意即「星野」（Campo de la Estrella）。聖雅各既爲西班牙之守護神，拉丁美洲乃有不少城市以祂爲名，最大的一座是智利的首都聖地牙哥，他如古巴、阿根廷、多明尼加各國也都有此城。爲了區別，就在後面再加名號，例如古巴那一座城就叫做Santiago de Cuba。因此西班牙西北隅的這座小城，全名是「星野的聖地牙哥」（Santiago de Compostela）。

雅各之墓在此發現，消息漸漸傳遍天主教的各國。信徒開始來此朝聖，先是來自加利西亞這一帶，後來連法國的高僧、主教也遠來膜拜，終於香火鼎盛，遠客不絕於途，憑著熾熱的虔敬，跋涉成一條有名的「聖地牙哥之路」，在愛比利亞半島的北部，綿延六百公里，疲困的足印上覆蓋著嚮往的足印，年復一年，走出了中世紀信仰的軌跡，歐洲團結的標記。

古墓發現於八一三年的七月廿五日，每年此日遂定爲聖雅各節，羅馬教廷更規定，若此日適逢星期日，則該年成爲「聖年」（Año Santo），香火尤盛。自一一八二年起，各地天主教徒齊來聖地牙哥慶祝聖年，已有將近千年的傳統。廿世紀下半期以來，每逢聖年，香客更多達二百萬人。一九九三年國際筆會在此召開年會，而由加利西亞的筆會擔任地主，也是爲了配合聖年的慶典。

3

在聖雅各墓地上，早年所建的教堂不到兩百年，就在公元九九七年，被入侵的回教徒領袖阿芒索（Amanzor）所毀，甚至寺鐘也被運去科爾多巴（Cordova）。一〇七五年，在原址開始重建大教堂，結構改爲當時流行的羅馬風格。其後不斷增建，到了十八世紀又加蓋巴洛克格式的外殼，益形多采多姿。正如倫敦的西敏寺，國家大典常在其中舉行。早在公元一一一一年，阿芳索六世便在大教堂中加冕登基，成爲加利西亞國王。

在聖地牙哥城巍峨的衆教堂中，這座古寺並非元老，而是第三；但因祭壇上方供著耶穌使徒的神龕，而主堂地下的墓穴裏，有一隻八十五公斤的銀甕，盛著聖雅各及其愛徒阿塔納秀（Atanasio）與戴奧多洛（Teodoro）的遺骸，萬千信徒攀山越水，正是爲此而來，所以此寺不但聳本城，抑且號召全西班牙，甚至在天主教的世界獨擁一片天空。

我遊歐洲，從五十歲才開始，已經是老興了，說不上是壯遊。從此對新大陸的遊興大減，深感美國的淺近無趣。大凡旅遊之趣，不出二途。外向者可以登高臨遠，探勝尋幽，賞造化之神奇：這方面美國、加拿大還是大有可觀的。內向者可以向戶內探索，神往於異國人文之源遠流長，風格各具：博物館、美術館、舊址故居之類，最宜瞻仰。羅浮宮、大英博物館等等，當然是文化遊客必拜之地，我也不能例外。但更加令我低迴而不忍去，一入便不能出的，卻是巍峨深閎的大教堂。

有一次在國外開會，和一位香港學者經過一座大教堂。我建議進去小坐，她不表興趣，說，有什麼好看，又說她旅外多次，從未參觀教堂。一位學者這麼不好奇，且不說這麼不虔敬了，令我十分驚訝。我既非名正言順的任何教徒，也非理直氣壯的無神論者，對於他人敬神的場所卻總有幾分敬意；若是建築壯麗，香火穆肅，而信徒又隆重認眞，儀式又匍匐專注，就更添一番感動，往往更是感愧，愧此身仍在教化之外，並且羨慕他人的信仰有皈依，靈魂有寄託。

歐洲有名的大教堂，從英國的聖保羅、西敏寺到維也納的聖司提反，從法國的聖母院、沙特寺到科隆的雙塔大教堂，只要有機會瞻仰，我從不錯過。若一次意猶未足，過了幾年，更攜妻重訪，共仰高標。我們深感，一座悠久而宏偉的大教堂，何止是宗教的聖殿，也是歷史的證明，建築的典範，帝王與高僧的冥寢，經卷與文獻的守衛，名畫與雕刻的珍藏。這一切，甚至比博物館還要生動自然，因爲一個民族眞是這麼生活過來的，帶著希望與傳說，恐懼與安慰。

那麼一整座莊嚴而磅礴的建築，踏實而穩重地壓在地上，卻從厚篤篤的體積和噸位之中奮發上升，向高處努力拔峭，拔起稜角森然的鐘樓與塔頂，將一座纖秀的十字架，禱告一般舉向青空。你走了進去，穿過聖徒和天使群守護的拱門。密實的高門在你背後閉攏，廣場和市聲，鴿群和全世界都關在外面，闃不可聞了。裏面是另一度空間和時間。你在保護色一般的陰影裏，坐在長條椅上。正堂盡頭，祭壇與神龕遙遙在望，虔敬的眼神順著交錯而對稱的弧線上升，仰瞻拱形的穹頂。多麼崇高的空間感啊，那是願望的方向，只有頌歌的亢奮，大風琴的隆然，才能飛上去，飛啊，繞著那圓穹迴盪。七彩的玻璃窗，那麼繽紛地訴說著聖經的故事，襯著外面的天色，似眞似幻。忽然陽光透了進來，彩窗一下子就燒豔了，晴光熊熊，像一聲禱告剛邀得了天聽。久伸頸項，累了的眼神收下來，落在一長排乳白色的燭光之上，一長排清純的素燭，肅靜地烘托著低緩的時間。對著此情此景，你感覺多安詳啊多安定。於是閉上了倦目，你安心睡去。

在歐洲旅行時，興奮的心情常常苦了疲憊的雙腳，歇腳的地方沒有比一座大教堂更理想的了。不但來者不拒，而且那麼恢宏而高的空間幾乎爲你所獨有，任你選坐休憩，閉目沈思，更無黑袍或紅衣的僧侶來干擾或逐客。這是氣候不侵的空間，鐘錶不管的時間。整個中世紀不也就這麼靜靜地、從容不迫地流去了麼，然則冥坐一下午又有何妨？夢裏不知身是客，忙而又盲，一晌貪趕。你是旅客，短暫的也是永久的，血肉之身的也是形而上的。現在你終於不忙了，似乎可以想一想靈魂的問題，而且似乎會有答案，在薔薇窗與白燭之間，交瓣錯弧的圓穹之下。

歐遊每在夏季。一進寺門，滿街的燥熱和喧囂便擺脫了。裏面是清涼世界，撲面的寒寂令人醒爽。坐久了，怎堪回去塵市、塵世。

4

國際筆會的第三天上午，六十九國的作家齊集，去瞻仰聖地牙哥的古教堂，並分坐於橫堂（transept）兩端，參加了隆重的彌撒盛典。司祭白衣紅袍，朱色的披肩上佩著V字形的白綬帶，垂著勳章，正喃喃誦著經文。信徒們時或齊聲合誦，時或側耳恭聆。

祭壇之後是別有洞天的神龕，在點點白燭和空際複蕊大吊燈的交映之下，翩飛的天使群簇擁著聖雅各的一身三相。一片耀金炫銀的輝煌，正當其中央，頭戴海扇冠、手持牧羊杖、杖頭掛著葫蘆，而披肩上閃著七彩寶石的，是聖雅各坐姿的石像，由十二世紀的瑪竇大師（Maestro Mateo）雕成。聖顏飽滿莊嚴，鬍髭連腮，坐鎮在衆目焦聚的正龕，其相爲師表雅各（St. James the Master）。

龕窟深邃，幕頂高超，上面的儼然臺榭，森然神祇，一層高於一層，光影之消長也層層加深。中層供的據說是香客雅各（St. James the Pilgrim），上層供的則是武士雅各（St. James the Knight），衛於其側的則是西班牙四位國王：阿芳索二世、拉米洛一世、費迪南五世、菲立普四世。至於四角飛翔的天使，據說是象徵四大美德：謹愼、公正、強壯、中庸。儘管下面的燈火燦亮，上面的這一切生動與尊榮，從我低而且遠的座位，也只能髣髴瞻仰了。

頌歌忽然升起，領唱者深沉渾厚的嗓音迴旋拔高，直逼瓜瓣的穹頂，整個教堂崇偉的空間，任其盡情激盪。至其高潮，不由得聆者的心跳不被它提掖遠颺，而頓覺人境若棄，神境可親。每歷此境，總令我悲喜交集，狂悅之中，深心感到久欠信仰的恨憾。原非無神論者，此刻被攫在頌歌的掌控，更無力自命爲異教徒。

歌聲終於停了，衆人落回座位。領罷聖體，捐罷奉獻，以爲儀式結束了，祭壇前忽然多了八位紅衣僧侶，抬來一座銀光耀目的香爐，高齊人胸，並有四條長鍊貫串周邊的扣孔，匯於頂蓋。司祭置香入爐後，他們把香爐繫在空垂的粗索上，又向旁邊的高石柱上解開長索的另一端。每人再以一條稍細的短索牽引長索，成輻射之勢散立八方，便合力牽起索來。原來長索繞過穹頂的一個大滑輪，此刻一端斜斜操在八僧手中，另一端則垂直而下，吊著銀爐。

八僧通力牽索，身影蹲而復起，退而復進。我的目光循索而上，達於穹頂，太高了，看不出那滑輪有什麼動靜。另一端的銀爐卻抖了一下，搖晃了起來。不久就像鐘擺，老成持重地來回搖擺。幅度漸擺漸開，弧勢隨之加猛。下面所有的仰臉也都跟著，目駭而口張。不由我不惴惴然，記起愛倫坡的故事〈深淵與盪斧〉。曳著騰騰的青煙，銀爐愈盪愈高，弧度也愈大了。橫堂偌大的空廳，任由這衝動的一團銀影，迅疾地呼呼來去，把異香播揚到四方。至其高潮，幾乎要撞上對面的高窗，整座教堂都似乎隨著它微晃，令人不安。有人壓抑不住驚惶，低叫起來。

終於，紅衣諸僧慢了下來，任香爐自己恢復平靜。一片歡喜讚歎聲中，天恩說：

「好在吊得夠高。要是給撞到，豈不變成了 martyr？」

大家笑起來。泰國的尼姐雅（Nitaya Masavisut）卻說：

「恐怕 martyr 沒做成，倒成了一團 marshmallow！」

「這儀式叫做盪香爐（Botafumeiro），由來已久。」一位本地作家對我說：「古代的香客長途奔波而來，那時沒有客棧投宿，只好將就擠在教堂裏。爲了淨化空氣，便用這香爐來播放清芬。」

「倒是有趣的傳統，」我笑道。「看來香爐不輕呢。」

「對呀，五十八公斤。高度一點六米。否則那用八個人來盪。」

正說著，正龕的雅各雕像背後，人影晃處，一雙手臂由裏面伸出來，把像的頸抱住，然後又不見了。

「那又是做什麼？」我不禁納罕。

「那又是一個傳統，」那加利西亞作家說，「從中世紀起，信徒們千辛萬苦來到朝聖的終站，懺悔既畢，滿心欣喜，不由自主就會學浪子回頭，把西班牙人信仰之父熱情地擁抱一下。從前聖雅各的頭上沒有這一盤紅藍寶石鑲邊的光輪，香客就慣於把自己帽子脫下，暫且放在雅各頭上，才便於行抱禮。」

過了一會，他又說：「還有一個傳統値得一看，跟我來吧。」便帶了天恩和我，穿過人群，走到大教堂前門內的杜廊，說這一排門杜叫做「光榮之門」（Portico de la Gloria），上面所雕的兩百位聖經人物，都是十二世紀雕刻大師瑪竇所製，不但是這座羅馬式大建築的鎭寺之寶，也是整個羅馬式藝術的罕見傑作。

石柱共爲五根，均附有雕像，以斑岩刻成。居中的一根雖然較細，卻是大師的主力所在，也是主題所託。最上面的半圓形拱壁，博大的氣象中層次明確，序列井然。耶穌戴著王冠，跣足而坐，前臂平舉，雙掌向前張開，展示掌心光榮的傷痕。祂的臉略向前傾，目光俯視，神情寧靜之中似在沈思；長髮與密鬚鬘茂相接，曲線起伏流暢，十分俊美。我仰瞻久之，感動莫名。

緊侍在耶穌身旁的，是馬可、路加、約翰、馬太四位傳福音的使徒。在祂左側柱端展示手卷而立的，是摩西、以賽亞、但以理、耶利米四先知；相對而立於右側柱端的，則爲彼得、保羅、雅各、約翰四使徒。凡此皆爲犖犖大者，其氣象在嚴整之中各有殊勝。至於穿插其間，或坐或站、或大或小、或正或敧、或俯或仰，環拱於耶穌四周、羅列於半圓弧上者，令人目眩頸瘆、意奪神搖，不忍移目卻又不能久仰，是上百的聖經人物。讚歎之餘，令人恍若回到了中世紀，聖樂隱隱，不，回到了舊約的天地。

耶穌坐像高三公尺，大於常人。在祂腳底，左手扶著希臘字母T形長杖，右手展示「主遣我來」的經卷，鬚髮並茂而頭戴光輪，是聖雅各坐在主柱之頂。雅各的雕像較小，只及耶穌的三分之二。在雅各腳下則是一截所謂「基督柱」（Christological Column），關係基督學（Christology）至鉅。

那是一根白斑岩鐫成的石柱，八百年前大師瑪竇在上面浮雕的繁富形象，把基督亦聖亦凡的家譜合爲一體，以示基督的神性兼人性。柱冠所示乃基督的神性，其形爲戴冕之父懷抱聖子，頭頂是張翼的白鴿，象徵聖靈。柱身則示基督的人性；但見一老者臥地，狀若以賽亞，胸口生出一樹，枝柯縱橫之間人物隱現，可以指認者一爲大衛王，手拂豎琴，一爲所羅門王，手持權杖，皆爲以色列之君。飄颺在樹頂的，則是瑪麗亞。

那位加利西亞作家正爲我們指點基督的種種，又一批香客湧了進來，參加排隊的人群。隊排得又長，移得又慢，卻輕聲笑語而秩序井然。隊首的人伸出右手，把五指插入柱上盤錯的樹根，然後彎腰俯首，用額頭去貼靠柱基的雕像，狀至虔誠。若是一家人，老老少少也都依次行體。太小的嬰孩，則由母親抱著把小拳頭探入樹洞。白髮的額頭俯磕在柱礎上，那樣的姿態最令我動心。懷抱信仰、又有生動的儀式可以表達的人，總令我感動，而且羨慕。

我們的加利西亞朋友說：

「這叫做聖徒敲頭（Santo dos Croques）。」

「什麼意思呢？」天恩一面對著行禮的母子照像，那媽媽報他一笑。

「哦，那石像據說是瑪竇的自雕像。跟他碰頭，可以吸收他的靈感。用手探樹根呢，伸進幾根指頭，就能領受幾次神恩。」

5

我和天恩在那小城一連住了七天。只要不開會，兩人就走遍城中的斜街窄巷，不是去小館子吃海鮮飯（paella）、烤鮮蝦（gambas a la plancha），灌以紅酒，便是去小店買一些銀製的紀念品，例如用那香爐爲飾的項鍊。但我們更常回到那古寺，在四方的奧勃拉兌洛廣場徘徊，看持杖來去的眞假香客。人來人往，那千年古寺永遠矗遮在那裏，雨呢總是下下歇歇，傘呢當然也張張收收。一切是那麼天長地久，自然而然。

我們很快就進入了情況，把聖雅各之城的一切，無論爲聖爲凡，都認爲當然。街道當然叫 rua，不叫 road；生菜當然叫 ensalada，不叫 salad；至於聖雅各，當然不叫 St. James 而叫 Santiago。連佛徒釋子如天恩都習以爲常了，何況是我呢？臺灣太夐遠了，消息全無。我們蛻去了附身的時空——當然，連錶都重調過了——像兩尾迷路的蠹魚，鑽遊在黑厚而重的聖經裏。

氣候十分涼爽，下雨就更冷了，早晚尤甚，只有攝氏十二度。從北回歸線以南來的，當然珍惜這夏天裏的秋天。奇怪的是，街上常常下雨，戶內卻很收乾，不覺潮溼。

加利西亞語其實是西班牙語和葡萄牙語的表親，對於略識 Castellano 與 Catalán，並去過巴西的天恩與我，不全陌生。當然不敢奢望如魚得水，但兩人湊合著相濡以沫，還是勉可應付。加以西班牙菜那麼對胃，物價又那麼便宜，鄉人又那麼和善可親，不但夜行無懼，甚至街頭也難見嘯聚的少年。天恩天眞地說：「再給我們兩個月，就能吃遍西班牙菜，喝盡加利西亞酒，跟阿米哥們也能談天說地了。」

臨行之晨，風雨淒淒。愛比利亞航空公司的小班機奮翅攀升，再回望時，七日的雨城，千年的古寺，都留在陰雲下方了。

——八十二年十月

逃犯停格

九月初旬，去西班牙西北邊陲的聖地牙哥（Santiago de Compostela），參加國際筆會第六十屆大會，歷時一週。其地在加利西亞地區，因為使徒雅各（St. James the Greater）之墓在此，自九世紀以來，久成天主教徒朝聖之地。七月廿五日為聖雅各節，若其日適逢星期日，則其年成為聖年。今年適為聖年，香客更盛。

開會的第四天上午，會場門口忽然警衛森嚴，各國代表進場，都要接受偵測掃瞄。大家都凜然於情況有異。果然，新當選的國際筆會會長，英國劇作家哈伍德（Ronald Harwood）上臺宣布：「各位女士，各位先生，魯希迪先生蒞會！」

一位中等身材的中年男子從後臺走出來，步伐穩健，神態從容。到得前臺，只見他頭頂半禿，戴著圓圓的眼鏡，其後目光炯炯，絡腮鬍子與濃髭相接，兩耳卻有點擋風。穿的襯衫純黑色，打一條黃底黑花領帶。

這就是《魔鬼詩篇》的作者，印度小說家魯希迪（Salman Rushdie）嗎？此人早被伊朗政府判了死刑，懸賞追殺；紐約新出版的《廿世紀世界文學大全》第五冊，在他的小傳裏還說他「據說正躲在英國某處。」如此神祕而又危險，萬萬想不到他竟敢大膽露面。大家十分驚疑。

臺上的逃犯卻十分鎮定，他的牛津腔英語流利道地，毫無印度鄉音。他首先感謝國際筆會前年納他為榮譽會員，給他很大的安慰。

接著他簡述近五年逃亡的心情：「大家都把我當成一個象徵，可是做一個象徵是很艱苦，很複雜的事情。我不是一個象徵，也不是什麼隱喻，我只覺得自己很真實，也很形而下。」

這一番話用英文來講，更有風味，聽眾立刻被他出口成章的無礙辯才所吸引。這也難怪，早年在倫敦，他曾做過演員。至於流亡的日子，當然是步步為營，戒心不懈的；流亡而有生命的危險，更其如此。據說他因為逃遁，已經和美籍的第二任妻子離了婚。

魯希迪告訴我們：這些年來他收到許多同情的來信，不少且是來自伊朗的文化人士，因為他們深切了解，自己的政府下令追殺魯希迪，雖因《魔鬼詩篇》個案而起，卻可收殺雞儆猴之效，免得國內的改革派以為有機可乘。魯希迪更指出，這些知識分子在國內十分苦悶，因為凡是現代化的企圖，都被誤會是反叛國教的傳統。他又笑說，若以性別區分，則來信百分之八十以上是女性。

早在《魔鬼詩篇》惹禍之前，魯希迪的作家生涯原就已經多災多難。在用英文寫作的印度小說家中，他的成就出類拔萃。早在一九八一年，他就以《午夜群童》一書成名。但是這本小說嘲弄的，是印度獨立後三十年的歷史，而一九八三年出版的《羞恥》，又諷刺了巴基斯坦的政治與傳統，所以兩書儘管得了不少國際大獎，在涉及的國家卻都被禁。

魯希迪能驅遣六種語文，而敘事手法又虛實相生，極繽紛變化之能事，故有寓言家之稱。論者常將他比擬平成（Thomas Pynchon）、格拉斯（Günter Grass）、馬奎斯。但是那天魯希迪卻否認自己的手法是魔幻寫實，只強調他寫的是印度的歷史，而且常有印度人對他說：「這些事我也知道，這本書我也能寫。」

魯希迪演講了半小時，又接受聽衆發問。有人問他逃亡之後有無新作。他說，有，而且竟然調子樂觀，結局也稱美滿，爲前所未見。又有人問，追殺令（fatwa）仍在執行嗎，金額幾許？這問題想必他已經答過很多次了，反而舉重若輕，臨危不懼。只見他自嘲道：「一百萬美金吧，也許漲到兩百萬了，可能另加雜費開支，並且補償通貨膨脹呢。」眞是典型的魯氏黑色幽默。久爲逋客，亡命江湖，也許只好如此戲謔自寬，才能超然自遣了。不過他是當代最熱門的逃犯，各國作家舉手成林，問題之多，答不勝答。我心裏倒是有一句話，可惜無法切入。我想說，他這一生動人的一本小說，迄今尚未寫出，但是已經活過，就是他的自

▲魯希迪像　余光中繪

傳；而且我擔心，後世讀他的傳記，興趣之高，猶恐勝過讀他的小說。

演講一開始，臺上就站了兩個彪形大漢，穿著灰青色的西裝，打著黑色領帶，一左一右護著演講人，顯然是加利西亞的便衣警衛。如此架式，益增緊張的氣氛。直到魯希迪離場，警戒才告撤消。衆人議論紛紛，或訝他從何而來，或問他將去何處。恐怕除了一直支持他的知己之外，誰也不知道吧。最好是不知道，因爲那樣的恐怖電影，實在看得太多了。

「幸好他是來聖地牙哥，」有人說。「天主教的聖地，不會有異教的刺客。」

他的話說得沒錯，大家也都點頭稱是。凡事抽離了歷史，似乎就很單純，但是放回歷史的上下文裏，就有了縱深，呈現出立體感來。

今日的西班牙，當然無懼回教的侵略了。但是在哥倫布西航之前，幾乎是整個悠長的中世紀，加上文藝復興的初期，這半島曾經淪入北非摩爾人的統治，哲學、科學、建築，都深受回教文化的影響，愈往南方愈然。回教君臨西班牙，從公元七一一年到一四九二年，幾乎長達八個世紀。雖然北部始終未全臣伏，但亦常受威脅。就連這西北角上的小城，聖地牙哥，我們開會一週的所在，魯希迪或許沒有想到，也不得倖免。幾乎是整整一千年前（九九七年），就因爲此地埋了聖雅各的遺骸，而且以祂之名建了大教堂，香火鼎盛，摩爾人的領袖阿爾曼索（Almanzor）揮兵北上，把此城夷爲平地。

一四九二乃西班牙命運泰來之年：不但哥倫布「發現」了海外的新天地，開啓了海權與帝國之門；而且在「天主教雙君」（Los Reyes Católicos），阿拉貢王費迪南和加斯迪女王伊莎貝拉的聯姻之下，終於逐走了摩爾人，光復了西班牙全境。

但是就在這時，爲了清教，雙君設立了史上有名的「西班牙宗教法庭」（The Spanish Inquisition），初意只在調查境內的猶太人與摩爾人是否眞心皈依，不幸後來變質爲思想控制，手段嚴厲，輕易判人死刑，連西班牙人自身也不倖免。其用刑之酷，只要看過愛倫坡的驚悚之作《深淵與盪斧》，當可髣髴。這種可怕的組織，始於一四七八年，竟然維持到一八二〇年，才在西班牙廢止。

在一個宗教的聖地，申訴自己如何受另一個宗教的迫害，但是今日庇護自己的這個宗教，也曾經苛嚴殘忍，達三百多年之久。這樣的反諷，心有千竅筆轉百彎的魯希迪，應該不會錯過。

既非名正言順的任何教徒，也非理直氣壯的無神論者，這正是我的矛盾。面對許多宗教，我都油然有一份敬意；在虔誠而專注的膜拜儀式之前，我也不由會感動。面對大自然的秩序與壯觀，例如星空與晚霞，很難做一個無神論者。面對生死之無常、禍福之無端、病痛之無奈，也很難不向冥冥中更高的力量求助。

蕭伯納說：「宗教只有一個，看法卻有百種。」同一個善源爲何演變成這許多歧見、爭端，托爾斯泰早就有此一問。「論內戰之多，沒有一個王國能比基督的王國。」更早的孟德斯鳩有此一歎。同代的史威夫特似乎答道：那是因爲「我們心裏的宗教只夠用來恨人，還不足用來相愛相親。」

爲什麼以愛爲出發的宗教，會引來如許仇恨呢？不信我者，非毀滅不可嗎？潘威廉在《獨思所得》裏說：「爲宗教而發怒，乃是信教而至於背教。」（To be furious in religion is to be irreligiously religious.）金剛怒目，何如菩薩低眉？傳說宙斯和匹夫辯論，每次辯輸，就雷電大作。雷電正是天神的兵器。反過來說，動武者足證理虧。

四十八歲才皈依天主教的英國作家蔡斯特敦，是天主教得力的護教者，卻說：「要試某一宗教的高低，得看能不能容你取笑。」這態度有多大方，一切動輒爲宗教發怒發狠的人，不妨含笑一思。

——八十二年十月

依瓜蘇拜瀑記

1

巴西航空公司雙十字標記的班機終於穿透了大西洋岸的陰霾，進入巴拉納州（Parana）亮藍的晴空。里約熱內盧早落在一千公里外，連庫里替巴（Curitiba）也拋在背後了。九點剛過，我們在藍天綠地之間向西飛行，平穩之中難抑期待的興奮。現在飛行高度降了許多，只有幾千英尺了，下面的針葉森林無窮無盡，一張翠綠的魔毯，覆蓋著巴西南部的巴拉納高原。但大地畢竟太廣闊了，那綠毯漸漸蓋不周全，便偶然露出幾片土紅色來對照鮮麗。定睛看時，那異色有時長方而穩固，顯然是田土，有時卻又蜒蜒蜿蜿像在蠕動，令人吃驚，竟是流水了。想必那下面就是依瓜蘇河爲了巴拉納河的召喚正滔滔西去。河床顯然崎嶇而曲折，因此湍急的紅水在我的左窗下往往出而復沒，斷續無常。

天恩從我肩後也窺見了幾段，興奮了起來。出現在右窗的時候，鏡禧和茵西為了追尋，索性站了起來。只恨機窗太窄，鏡禧帶來的十倍望遠鏡，無地用武。那有名的大瀑布，始終沒有尋著。

飛機畢竟快過流水，十點左右，我們降落在依瓜蘇河口市（Foz do Iguacu），也就是依瓜蘇河匯入巴拉那河之處。導遊奇哥如約在機場迎接我們，把我們的旅館安排好了，逕就駕車載四人去大瀑布。車向東南疾駛，很快就進入依瓜蘇國家公園，十八公里之後，在依瓜蘇河東岸的觀瀑旅館前停了下來。回頭看時，樹陰疏處，一排瀑布正自對岸的懸崖上沛然瀉下。

2

猝不及防，一整排洪瀑從六、七百公尺外的懸崖，無端地轟轟衝下。才到半途，又被突出的岩棚一擋一推，再擠落一次，水勢更加騷然，猛注在崖下的河道裏，激起了翻白的浪花，茫茫的水氣。兩層落水加起來，那一排巨瀑該有十六、七層樓那麼高，卻因好幾十股平行地密密墜落，寬闊的宏觀反而蓋過了高懸的感覺。若是居高臨下，當可橫覽全景，但是河中隔著林深葉密的聖馬丁島，近處又有岸樹掩映，實在無法一目了然。

「別想一覽無遺，」嚮導奇哥說，「這瀑布大得不得了，從魔鬼的咽喉到這一端的汗毛瀑，排成了兩個不規則的馬蹄形，全寬接近兩英里。我是沒有數過，據說一共是兩百七十五條瀑布……」

「那麼密，怎麼數呢？」茵西說。

「我看是不到一百條吧？」鏡禧放下他的大型望遠鏡。

「什麼話？」奇哥有點不耐煩了，「你們還沒開始呢，裏面還深得很，每轉一個彎就發現一排。跟我來吧。」

我們跟著奇哥，沿著河邊石砌的步道，拂著樹影，逆著水聲，一路向上游走去。十一月底，在這南半球的低緯，卻正是初夏天氣。近午時分，又是晴日，只穿單衣就夠了。攝氏二十三、四度的光景，因爲就在澤國水鄉，走在豔陽下，不覺得悶熱，立在樹陰裏也不覺得太涼。奇哥一面在前帶路，一面爲我們指點風景：

「依瓜蘇（Iguacu）的意思就是『大水』：依，是水；瓜蘇是大——」

「咦，水不是阿瓜（agua）嗎？」我納罕道，「西班牙文跟葡萄牙文都是一樣的呀！」

「不是的，『依瓜蘇』不是歐洲話，而是巴西南部和巴拉圭一帶的土語。這裏的土人叫瓜拉尼（Guaraní），是南美印地安人的一族——」

「管它是哪裏的話，無非是瓜里瓜拉。」天恩忍不住說。

「對呀！」我附和道。「巴拉圭，烏拉圭，瓜地馬拉，尼加拉瓜，巴拿馬，馬拿瓜——」

茵西笑了起來。奇哥卻一正色說：「這條依瓜蘇河也是一條國界，哪，對岸就是阿根廷了。那一邊也是阿根廷的國家公園，明天我們還會去對岸看瀑布。兩百多條呢，大半都在對岸，所以看瀑布最好在巴西，探瀑布，卻應該去阿根廷。」

「正像近探尼亞加拉大瀑布，要在美國，」我說，「遠觀呢，卻要去加拿大對岸。」

奇哥點點頭說：「可是有一點不同：美國人和加拿大人都叫它做 Niagara Falls。這依瓜蘇瀑布，巴西人叫做 Saltos do Iguacu，阿根廷人卻叫 Cataratas del Iguazú。」

天恩十分欣賞西班牙文的音調，不禁鏗鏘其詞：「Las Cataratas！真是傳神，比英文的 Cataracts 氣派多了。」

儘管這麼說笑，大家的耳目並沒閒著，遠從一千四百公里外飛來，原爲看一條大瀑布，卻沒有準備看到這麼多條，這麼多股，這麼多排，這麼多分而復合、合而再分的變化與層次：有的飛濺著清白，有的挾帶著赤土，有的孤注一擲，有的連袂而降，有的崖頂不平、只好分瀉而下，有的崖下有崖、只好一縱再縱，更有的因爲高崖平闊，一瀉無阻，於是數十股合成一大片，排空而落，像一幅飄然的落地大窗帷。至於旁支散股，在暗赭的亂石之間蜿蜒著纖秀的白紋，更不勝數。最奇特的是依瓜蘇河挾其紅土，一路曲折地迴流到此，河面拓得十分平闊，忽然河床的地層下陷，塌成了兩層斷崖，每一層都形成兩個巨弧，每一秒鐘，至少有六萬兩千立方英尺的洪湍頓失憑依，無端地被推擠下去，驚瀑駭潮撞碎在崖下，浪花飛濺，蒸騰起白茫茫的雨霧。那失足的洪湍在一堆堆深棕色的玄武岩石陣中向前洶湧，爭先恐後，奔成了一片急灘，不久就到了第二層斷崖，什麼都不能保留了，只有全都豁出去，潑出去，奮身一躍，再劫之後，脫胎換骨，修成了下游。就這麼，一條河的生命突然臨難，化成了兩百多條，在粉身碎骨間各找出路，然後在深長的狹谷裏，盤渦迴流，紅漿翻滾著白浪，匯成了一道新河。

也就這麼，我們不但左顧右盼，縱覽一條河如何化整爲零，橫越絕境的驚險戲劇，還要俯眺谷底，看斷而再續的下游如何收拾亂流，重整散股再出發的聲勢。而遠遠近近的騷響，那許多波唇水舌，被絕壁和深谷反彈過來，混沌難分，成了催眠的搖撼。

我們沿著河邊的石徑向瀑布的南端走去，遇有突出的看臺，便登臺看個究竟。但限於地形，蔽於樹陰，要盡窺全景絕無可能，聖馬丁島已落在右後方，漸漸接近南端的「魔鬼咽喉」（La Garganta del Diablo）了。奇哥指著斷谷的盡頭說：

「那就是魔鬼的咽喉了。」

但見水氣沸沸滾滾，不斷地向上升騰，變幻多端的氣柱有五十層樓那麼高。可以想見崖腳下面的急湍瀉瀑，顛倒彈跳，攪搗成怎樣的亂局。那該是怒水跟頑石互不相讓，乃掀起最劇烈的爭辯，想必是激動極了，美得多麼陽剛。可惜只見氣氛，見不到表情了。如果那斷崖的盡頭是魔鬼在張喉吐咒，口沫濺灑，則下面這滿澗的紅濤黃漿，翻滾不盡，正是巨魔在漱口。

半天不見鏡禧跟上來，回頭找時，原來他正用望遠鏡在掃描天空。順著他的方向仰視，只見三兩兀鷹在高處盤旋。

「你在看老鷹呀？」茵西問他。

「簡直有幾百隻。」鏡禧說。

「哪來幾百隻呢？」天恩不解。

「好像是燕子。」鏡禧像在自言自語。

大家再仰面尋時，襯著豔晴的藍空，果然有一群鳥在互相飛逐，那倩俏飄忽的黑影，眞像燕尾在剪風。

「也許是燕子啊！」茵西說。

「是燕子。」奇哥回過頭來，肯定大家的猜想。

「一覽不盡的大瀑布，」我說，「加上滿天的燕子，還有這滿山的竹子，怪不得張大千要住在巴西了。」

水聲更近，已經聞得到潮潤的水氣。再一轉彎，竟到了斷弧窄崖的邊上，已無石徑可通。彎彎的一大排瀑布如弓，我們驚立在張緊的弦上，望呆了。灌耳撼頰的潑濺聲中，只見對岸的衆瀑赫然擱在右面，此岸的排瀑更逼在額前，簡直就破空而墮，千古流暢的雄辯滔滔，飛沫如雨，兜頭兜臉，向我們漫天灑來。宛如夢遊，我們往坡下走去，靠在看臺的木欄上，仰承著那半空的奔湍出神，恍若大地正搖搖欲沉，而相對於急瀑的爭落，又幻覺水簾偶見疏處，後面的玄武褐岩似乎在上升。睜大了眼睛，豎直了耳朵，我們卻被水聲和水勢催眠了。

「你看燕子！」茵西一聲驚喜。

幾隻燕子掠過河面飛來，才一旋身，竟向密瀑的疏隙撲去，一眨眼就進去了。輕巧的黑影越過整幅白花花的洪流，一閃而逝，簡直像短打緊紮，高來高去的飛俠。

「燕子窩一定在崖縫裏了。」鏡禧讚歎。

「有這麼大的瀑布守洞，」天恩說，「還怕誰會進去呢？」

一家賣紀念品的小店蜷縮在瀑布腳邊，像一枚貝殼。大家鑽進殼去，買了幾張照片，然後乘店旁的玻璃電梯，攀升到崖頂，回到上面的平地。回頭再望時，剛才那一整排洪湍轟轟，竟已落到腳下，露出崖後高曠的臺地，急流洶洶，正壓擠而來，作前仆之後繼。但是更遠處，依瓜蘇河的水面卻平靜漫汗，甚至漣漪不驚，全然若無其事。

3

當天晚上，回到河口市的旅館，疲倦而興奮。那麼多的經歷與感想，雖已匆匆吞下，一時卻難消化。不理南半球的夏夜有多少陌生的星座在窗外誘惑，我靠在床頭，把帶去的地圖和導遊手冊之類細讀了一遍，有關這依瓜蘇大瀑布的身世，特別注意到以下幾點。

依瓜蘇河從大西洋岸的山區倒向內陸西流，源頭海拔逾九百公尺，但匯入巴拉納河的河口時，海拔已不到一百公尺，落差不小。地勢最懸殊的一段，正在大瀑布處，整條河在寬闊而曲折的斷崖邊上毅然一躍，就落進六十多公尺下的峽谷裏去了。純以高度衡量，依瓜蘇比起世界最長的天使瀑布（Angel Falls Venezuela）一落九百八十公尺來，當然不算高。但是瀑布有一個原理，就是高則不旺，旺則不高。天使高而不旺，屬於高山瀑一型。依瓜蘇旺而不高，乃是高原瀑布，跟美國的尼亞加拉同爲一型。

但是瀑布的大小不僅要看高度，更應計較水量，也就是每秒的流量，通常是算立方英尺。若從流量比較，依瓜蘇瀑布每秒是六萬二千立方英尺，尼亞加拉瀑布的馬蹄鐵瀑是每秒五萬至十萬立方英尺，而其美國瀑則爲每秒二萬立方英尺。上游漲水時，馬蹄鐵瀑可以暴增到每秒二、三十萬立方英尺，依瓜蘇則多達四十五萬立方英尺。至於寬度，尼亞加拉的雙瀑加起來才三千五百英尺，依瓜蘇卻寬達一萬三千英尺；而高度呢？依瓜蘇的二六九英尺也超過尼亞加拉的一六七英尺許多。

驚人的是，這麼壯闊而豐盛的依瓜蘇，即使在巴西一國之內，也不算獨步。除了千崖齊掛的這一片「洪水」，和它湍勢爭雄的大瀑布，至少還有四處。其中瓜伊拉（Guaíra or Salto das Sete Quedas）亦稱「七層瀑」，就在這條巴拉納河上溯兩百公里，不但高度三七五英尺，而且寬達一萬五千九百英尺，流量每秒四十五萬立方英尺，汜洪的尖峰甚至每秒傾瀉一百七十五萬立方英尺之旺，眞是衆瀑之尊了。

但是這一切的神奇宏偉之中，有一件事卻令我掩卷悵悵，不能自遣。因爲這驚天動地的壯觀，無論聲色如何俱厲，正如其上映漾的一弧水虹，並非不朽。放在地質學的年代裏，一條瀑布的生命何其短暫。姑且不論尼亞加拉了，只因冰層自中緯消退，它的誕生不過是一萬二千年前的事情。即連非洲和南美的浩浩巨瀑，儘管已流了兩百五十多萬年了，最後仍會消磨於時光，被自己毀掉。只因瀑布的一生是一場慢性的自殺，究竟多慢呢或是多快，要取決於它的高度、流量、岩質。

無論瀑布有多博大，當其沛然下注，深錐的威力剛強如一把水鑽，何況它是日夜不斷在施工。下墜之水，加速是每秒三十二英尺。若是崖高七十五公尺，則四秒之後到底，速度是每小時一百四十公里，等於德國車在烏托邦（Autobahn）撒野的衝勁。於是高崖陡坡蝕盡而瀑布移向上游，或下移而切成了斜角。一切江河的性情，都喜歡把突兀磨平，凡礙事的終將被浪濤淘盡，像瀑布這樣囂張唐突的地理，當然不能長久忍受，所以一切瀑布的下場，都是放低姿態，馴成了匍匐的急灘。

4

第二天早晨，嚮導奇哥開車帶我們去對岸。在過境的長橋上我們停車看河。依瓜蘇的這一段河身距上游的瀑布已有十六、七公里，橋面雖高，也遠望不到。回過頭來，順著土紅色的河水西眺下游，卻隱隱可見依瓜蘇匯入巴拉納，一線青青等在天際，眞有涇渭分明的景觀。

過橋便是阿根廷了，邊境的哨兵全不查驗。我們南行轉東，不久便入了阿境的國家公園，樹密車稀，可以快駛。不到半小時就抵達大瀑布的西端，水聲隱隱，已經在森林的背後喚我們了。果實纍纍而葉大如扇的一棵不知名的樹下，一條通幽的下坡曲徑，路牌上寫著 **Paseo Inferior**（下游步道），把我們一路引到瀑布的崖邊。

石徑的盡頭便是狹窄的木橋，兩邊都有欄杆。喧囂的水聲中，我們像走鋼索的人走過一座又一座木橋，一邊是一落數百尺的洪湍，暴雨一般地沖瀉而下，另一邊是上游的河流，遠處還似乎平靜，愈近崖頂就愈見波動，成了潺潺的急灘。

「我們的運氣眞好，」奇哥說，「這一帶的雨季是十一月到三月。現在都已經十一月底了，早已進入雨季。正巧這兩天又放晴，所以水勢大了，瀑布更加壯觀，而又沒有下雨，便於觀看。」

「不過雨衣跟帽子還是用得著的，」我說，「等下走到瀑布下面，就知道了。」

「上游下雨，」奇哥又說，「瀑布就會大六、七倍。所以在照片裏看，同一條瀑布就有胖有瘦。你看下面這一雙瀑布，因爲有兩層懸崖，所以一落再落，第一層還是平行的，到了第二層就流成一股，不，一整片了。他們的名字叫 Adan y Eva（亞當夏娃），旱季就分成兩股——」

「眞有意思。」茵西笑了起來。

憑欄俯瞰，近在五、六尺外，元氣淋漓的亞當與夏娃擁抱成一股劇動的連體，綢繆著，喘息著，翻翻滾滾，從看臺依靠的崖頂直跳下去。兩層懸崖有如兩截踏梯，洪湍撞落在下面的崖臺上，已激起浪花飛濺，從第二崖再落到谷底的深潭，更是變本加厲，不但千渦萬沫，迴漩翻滾，抑且水氣成霧，冉冉不絕，休想看清那一團亂局裏有多少石堆岩陣。千斛萬斛的滂沱，高崖和峻坡漱不盡吐不竭的迅瀾急瀨，澎澎湃湃，就從我一伸腳能觸及的近處，毫無保留地一瀉而去。「逝者如斯夫！不舍晝夜！」豈止是不舍晝夜，簡直是不分春秋，無今無古。我望著滔滔的逝水，千變萬化而又似恆常，白波起伏裏挾著翻滾的土紅與泥黃，恍若碎水晶裏轉動著瑪瑙的溶漿，那麼不計升斗，成噸成噸地往下潑，究竟是富足呢還是浪費？

「你在構思詩句嗎？」天恩對著我快門一按。

「我在想，這麼慷慨的水量，唉，一滴都灑不到祈雨者的眼裏，濺不到沙漠的旱災，東非的乾田。」

「這已經有點像詩句了，」鏡禧笑笑，放下望眼鏡，「這景色太神奇了，下次來遊，一定要把家人也帶來——」

「下次嗎？那可不容易啊，」茵西一歎說，「三十一小時的長途飛行還不夠，得再加三小時才來得到這裏。」

「假使把孩子帶來了，」我轉頭對鏡禧說，「不妨對他說，你看這河水，上游就是公公婆婆，下游就是你，而在中間承先啓後、辛苦奮鬥的——就是爸爸。」

大家都笑了起來，鏡禧更拍手稱善。

奇哥說：「我們往下走吧。」

大家跟著他，一路曲折往谷底走去，爬下石級，沿著木橋，直到亞當夏娃瀑布的下面。再仰望時，垂天的白練破空而降，帶來滿峽的風雨，斜斜灑在我們的臉上，不一會，衣帽都微濕了。那風，根本無中生有，是白練飄撲所牽起，而雨，就是密密的飛沫所織成。天恩脫下外套，舉在頭頂當傘，半遮著我。茵西按住自己的帽子，似乎怕風吹走。水聲放肆地嘲笑著我們，喧鬧之中，大家的驚呼和戲語都被壓低、攪碎了。相覷茫茫，彼此的臉都罩在薄薄的水霧裏。

沿著峽谷更往下走，終於到了渡頭。國家公園的救生員，佩戴有「依瓜蘇叢林探險隊」

的臂章，爲我們穿上橘色鮮明的救生衣。一套上這行頭，觸目驚心，大家笑得興奮而緊張，上了小汽艇，都正襟危坐，一面牢牢拉住舷索。

汽艇開動了，沿著聖馬丁島向西駛去。水上望瀑，縱目無蔽，只見整條河流從天而降，翻白滾赤的洪流囂囂，從三面的危崖絕壁倒掛下來，攪得滿峽的濁浪起伏，我們隨船俯仰，幻覺是跨在一匹不馴的怪獸背上。再往前靠近峽岸，就險險要逼近眾瀑的腳底，水勢旋而又急，滾成了一鍋白熱的開水。船夫放慢了速度，讓船逡巡在危急的邊緣。

不久他調轉船頭，順流而下，繞過聖馬丁島聳翠的密林，然後溯著另一邊更長的峽江，逆流而上。不顧暴洪的恐嚇，倔強的船頭一意孤行，撥開洶湧而來鼓噪而來的浪頭與潮頭，起起伏伏搖搖擺擺、衝向魔鬼的咽喉，兩岸的崖壁在我們的左舷和右舷忽升忽落。造物正把我們當做骰子，在碗裏扔來擲去。「四山眩轉風掠耳，但見流沫生千渦。」顛倒驚惶之際，宋人的句子忽來心上。要是〈百步洪〉的作者蘇髯此刻在船上有多好。李白要同來有多好。這不是一條瀑布，而是兩百多條，排成了瀑布的高峰會議，圍坐著洪湍急瀨的望族世家。若是他也來了，眞要拿這樣的氣象考他一考。不恨古人吾不見，恨古人不見吾險耳。徐霞客若是來了，怕眞要發顛狂叫。正想著這些，船底忽然磋磨有聲。

「不會是觸礁吧？」天恩緊張地問。

「不會吧。」我姑妄答之，又像在問自己。

「希臘神話裏的英雄應該經歷過這樣的場面。」天恩忽然說。

「This is Homeric！」我仰對三劍客瀑布大呼。

滿峽的喧嚷聲中，這句掉書袋的妄言似乎也不很唐突。

小船在中流與波浪周旋了一陣，驀地加足馬力，向魔鬼漱瀑的咽喉疾衝而去。滿江的浪頭都被觸怒了，紛紛抬起頭來頂撞我們。三分鐘後，那霧氣蒸騰、眞象不明的魔喉準會將我們吞了進去，漱成幾莖水草。幸好船頭在撞到左岸的一堆亂岩前，及時煞住，引來眾瀑的哄然大笑。

回到渡口，四人都有劫後的餘悸。我回頭望望舵旁的老船夫，如釋重負地對三人說：「幸好他不像擺渡忘川的凱倫（Charon）。」

天恩笑笑說：「我倒是想到〈古舟子詠〉的，只是在船上不敢說。」

鏡禧取下頸上的相機，像取下一隻信天翁，並拭去鏡頭濺上的水珠。茵西也脫去濕了的救生衣。千巖競秀，萬壑爭流，滔滔的依瓜蘇仍然在四面豪笑，長嘯，吼哮，哪裏把我們放在眼裏。

——八十二年一月

橋跨黃金城

一、長橋古堡

一行六人終於上得橋來。迎接我們的是兩旁對立的燈柱，一盞盞古典的玻璃燈罩舉著暖目的金黃。刮面是水寒的河風，一面還欺凌著我的兩肘和膝蓋。所幸兩排金黃的橋燈，不但暖目，更加溫心，正好為夜行人卻寒。水聲潺潺盈耳，橋下，想必是魔濤河了。三十多年前，獨客美國，常在冬天下午聽斯麥塔納的「魔濤河」，和德伏乍克的「新世界交響曲」，絕未想到，有一天竟會踏上他們的故鄉，把他們宏美的音波還原成這橋下的水波。靠在厚實的石欄上，可以俯見橋墩旁的木架上，一排排都是棲定的白鷗，雖然夜深風寒，卻不見瑟縮之態。遠處的河面倒漾著岸上的燈光，一律是安慰的熟銅爛金，溫柔之中帶著神祕，像什麼童話的插圖。

橋眞是奇妙的東西。它架在兩岸，原爲過渡而設，但是人上了橋，卻不急於趕赴對岸，反而耽賞風景起來。原來是道路，卻變成了看臺，不但可以仰天俯水，縱覽兩岸，還可以看看停停，從容漫步。愛橋的人沒有一個不恨其短的，最好是永遠走不到頭，讓重嚬的魁梧把你凌空托在波上，背後的岸追不到你，前面的岸也捉你不著。於是你超然世外，不爲物拘，簡直是以橋爲鞍，騎在一匹河的背上。河乃時間之隱喻，不舍晝夜，又爲逝者之別名。然而逝去的是水，不是河。自其變者而觀之，河乃時間；自其不變者而觀之，河又似乎永恆。橋上人觀之不厭的，也許就是這逝而猶在、常而恆遷的生命。而橋，兩頭抓住逃不走的岸，中間放走抓不住的河，這件事的意義，形而上的可供玄學家去苦思，形而下的不妨任詩人來歌詠。

但此刻我卻不能在橋上從容覓句，因爲已經夜深，十一月初的氣候，在中歐這內陸國家，晝夜的溫差頗大。在呢大衣裏面，我只穿了一套厚西裝，卻無毛衣。此刻，橋上的氣溫該只有攝氏六、七度上下吧。當然不是無知，竟然穿得這麼單薄就來橋上，而是因爲剛去對岸山上的布拉格堡，參加國際筆會的歡迎酒會，恐怕戶內太暖，不敢穿得太多。

想到這裏，不禁回顧對岸。高近百尺的橋尾堡，一座雄赳赳哥德式的四方塔樓，頂著黑壓壓的楔狀塔尖，暈黃的燈光向上仰照，在夜色中矗然赫然有若巨靈。其後的簇簇尖塔探頭探腦，都擠著要窺看我們，只恨這橋尾堡太近太高了，項背所阻，誰也出不了頭。但更遠更高處，晶瑩天際，已經露出了一角布拉格堡。

「快來這邊看！」茵西在前面喊我們。

大家轉過身去，趕向橋心。茵西正在那邊等我們。她的目光興奮，正越過我們頭頂，眺向遠方，更伸臂向空指點。我們趕到她身邊，再度回顧，頓然，全愣呆了。

剛才的橋尾堡矮了下去。在它的後面，不，上面，越過西岸所有的屋頂、塔頂、樹頂，堂堂崛起布拉格堡嵯峨的幻象，那君臨全城不可一世的氣勢、氣派、氣概，並不全在巍然而高，更在其千窗排比、橫行不斷、一氣呵成的邐然而長。不知有幾萬燭光的腳燈反照宮牆，只覺連延的白壁上籠著一層虛幻的蛋殼青，顯得分外晶瑩惑眼，就這麼展開了幾近一公里的長夢。奇蹟之上更奇蹟，堡中的廣場上更升起聖維徒斯大教堂，一簇峻塔鋒芒畢露，凌乎這一切壯麗之上，刺進波希米亞高寒的夜空。

那一簇高高低低的塔樓，頭角崢嶸，輪廓矍鑠，把聖徒信徒的禱告舉向天際，是布拉格所有眼睛仰望的焦點。那下面埋的是查理四世，藏的，是六百年前波希米亞君王的皇冠和權杖。所謂布拉格堡（Pražský hrad）並非一座單純的城堡，而是一組美不勝收目不暇接的建築，盤盤囷囷，歷六世紀而告完成，其中至少有六座宮殿、四座塔樓、五座教堂，還有一座畫廊。

剛才的酒會就在堡的西北端，一間豪華的西班牙廳（Spanish Hall）舉行。慣於天花板低壓頭頂的現代人，在高如三樓的空廳上俯仰睥睨，眞是「敞快」。複瓣密蕊的大吊燈已經燦人眉睫，再經四面的壁鏡交相反映，更形富麗堂皇。原定十一點才散，但過了九點，微醺的我們已經不耐這樣的摩肩接踵，胡亂掠食，便提前出走。

一踏進寬如廣場的第二庭院，夜色逼人之中覺得還有樣東西在壓迫夜色，令人不安。原來是有兩尊巨靈在宮樓的背後，正眈眈俯窺著我們。驚疑之下，六人穿過幽暗的走廊，來到第三庭院。尙未定下神來，逼人顱額的雙塔早蔽天塞地擋在前面，不，上面；絕壁拔升的氣勢，所有的線條所有的銳角都飛騰向上，把我們的目光一直帶到塔頂，但是那嶙峋的斜坡太陡了，無可托趾，而仰瞥的角度也太高了，怎堪久留，所以冒險攀援的目光立刻又失足滑落，直跌下來。

這聖維徒斯大教堂起建於一三四四年，朝西這邊的新哥德式雙塔卻是十九世紀末所築，高八十二公尺，門頂的八瓣玫瑰大窗直徑爲十公尺點四，彩色玻璃繪的是創世紀。凡此都是後來才得知的，當時大家辛苦攀望，昏昏的夜空中只見這雙塔肅立爭高，被腳燈從下照明，宛若夢遊所見，當然不遑辨認玫瑰窗的主題。

茵西領著我們，在布拉格堡深宮巨寺交錯重疊的光影之間一路向東，摸索出路。她兼擅德文與俄文，兩者均爲布拉格的征服者所使用，但是，她說，納粹畢竟早於共黨，對布拉格人說德文，比較不惹反感。所以她領著我們問路、點菜，都用德文。其實捷克語文出於斯拉夫系，爲其西支，與俄文接近。以「茶」一字爲例，歐洲各國皆用中文的發音，捷克文說čaj，和俄文cháy一樣，是學國語。德文說Tee，卻和英文一樣，是學閩南語。

在暖黃的街燈指引下，我們沿著灰紫色磚砌的坡道，一路走向這城堡的後門。布拉格有一百廿多萬人口，但顯然都不在這裏。寒寂無風的空氣中，只有六人的笑語和足音，在迤邐的荒巷裏隱隱迴盪。巷長而斜，整潔而又乾淨，偶爾有車駛過，輪胎在磚道上磨出細密而急驟的聲響，恍若陣雨由遠而近，復歸於遠，聽來很有情韻。

終於我們走出了城堡，回顧堡門，兩側各有一名衛兵站崗。想起卡夫卡的K欲進入一神祕的古堡而不得其門，我們從一座深堡中卻得其門而出，也許是象徵布拉格眞的自由了：不但擺脫了納粹與共黨的惡夢，而且現在是開明的總統，也是傑出的戲劇家，哈維爾（Václav Havel, 1936-），坐在這布拉格堡裏辦公。

堡門右側，地勢突出成懸崖，上有看臺，還圍著一段殘留的古堞。憑堞遠眺，越過萬戶起伏的屋頂和靜靜北流的魔濤河，東岸的燈火盡在眼底。夜色迷離，第一次俯瞰這陌生的名城，自然難有指認的驚喜。但滿城金黃的燈火，叢叢簇簇，宛若光蕊，那一盤溫柔而神祕的金輝，令人目暖而神馳，儘管陌生，卻感其似曾相識，直疑是夢境。也難怪布拉格叫做黃金城。

而在這一片高低迤邐遠近交錯的燈網之中，有一排金黃色分外顯赫，互相呼應著凌水而渡，正在我們東南。那應該是——啊，有名的查理大橋了。茵西欣然點頭，笑說正是。

於是我們振奮精神，重舉倦足，在土黃的宮牆外，沿著織成圖案的古老石階，步下山去。

而現在，我們竟然立在橋心，回顧剛才摸索而出的古寺深宮，忽已矗現在彼岸，變成了幻異蠱人的空中樓閣、夢中城堡。眞的，我們是從那裏面出來的嗎？這莊周式的疑問，即使問橋下北逝的流水，這千年古都的見證人，除了不置可否的潺潺之外，恐怕什麼也問不出來。

二、查理大橋

過了兩天，我們又去那座著魔的查理大橋（Charles Bridge，捷克文爲 Karlův most）。魔濤河（Moldau，捷克文爲 Vltava）上架橋十二，只有這條查理大橋不能通車，只可徒步，難怪行人都喜歡由此過橋。說是過橋，其實是遊橋。因爲橋上不但可以俯觀流水，還可以遠眺兩岸：凝望流水久了，會有點受它催眠，也就是出神吧；而從橋上看岸，不但左右逢源，而且因爲夠遠，正是美感的距離。如果橋上不起車塵，更可從容漫步。如果橋上有人賣藝，或有雕刻可觀，當然就更動人。這些條件查理大橋無不具備，所以行人多在橋上流連，並不急於過橋：手段，反而勝於目的。

查理大橋爲查理四世（Charles IV, 1316-1376）而命名，始建於一三五七年，直到十五世紀初年才完成。橋長五百二十公尺，寬十公尺，由十六座橋墩支持，全用灰朴朴的砂岩砌成。造橋人是查理四世的建築總監巴勒（Peter Parler）：他是哥德式建築的天才，包括聖維徒斯大教堂及老城橋塔在內，布拉格在中世紀的幾座雄偉建築都是他的傑作。十七世紀以來，兩側的石欄上不斷加供聖徒的雕像，或爲獨像，例如聖奧古斯丁，或爲群像，例如聖母慟抱耶穌，或爲本地的守護神，例如聖溫塞斯拉斯（Wenceslas），等距對峙，共有三十一組之多，連像座均高達二丈，簡直是露天的天主教雕刻大展。

橋上既不走車，十公尺石磚鋪砌的橋面全成了步道，便顯得很寬坦了。兩側也有一些攤販，多半是賣河上風光的繪畫或照片，水準頗高，不然就是土產的髮夾胸針、項鍊耳環之類，造型也不俗氣，偶爾也有俄式的木偶或荷蘭風味的瓷器街屋。這些小貨攤排得很鬆，都掛出營業執照，而且一律不放音樂，更不用擴音器。音樂也有，或爲吉他、提琴，或爲爵士樂隊，但因橋面空曠，水聲潺潺，即使熱烈的爵士樂薩克斯風，也迅隨河風散去。一曲既罷，掌聲零落，我們不忍，總是向倒置的呢帽多投幾枚銅幣。有一次還見有人變戲法，十分高明。這樣悠閒的河上風情，令我想起「清明上河圖」的景況。

行人在橋上，認眞趕路的很少，多半是東張西望，或是三五成群，欲行還歇，仍以年輕人爲多。人來人往，都各行其是，包括情侶相擁而吻，公開之中不失個別的隱私。若是獨遊，這橋上該也是旁觀眾生或是想心事最佳的去處。

河景也是大有可觀的，而且觀之不厭。布拉格乃千年之古城，久爲波希米亞王國之京師，在查理四世任羅馬皇帝的歲月，更貴爲帝都，也是十四世紀歐洲有數的大城。這幸運的黃金城未遭兵燹重大的破壞，也絕少礙眼的現代建築齟齬其間，因此歷代的建築風格，從高雅的羅馬式到雄渾的哥德式，從巴洛克的宮殿到新藝術的蔭道，均得保存迄今，乃使布拉格成爲「具體而巨」的建築史博物館，而布拉格人簡直就生活在藝術的傳統裏。

站在查理大橋上放眼兩岸，或是徜徉在老城廣場，看不盡哥德式的樓塔黛裏帶青，凜凜森嚴，猶似戴盔披甲，在守衛早陷落的古城。但對照這些冷肅的身影，滿城卻千門萬戶，熱鬧著橙紅屋頂，和下面，整齊而密切的排窗，那活潑生動的節奏，直追莫札特的快板。最可貴的，是一排排的街屋，甚至一棟棟的宮殿，幾乎全是四層樓高，所以放眼看去，情韻流暢而氣象完整。

橋墩上棲著不少白鷗，每逢行人餵食，就紛紛飛起，在石欄邊穿梭交織。行人只要向空中拋出一片麵包，尙未落下，只覺白光一閃，早已被敏捷的黃喙接了過去。不過是幾片而已，竟然召來這許多素衣俠高來高去，翻空躡虛，展露如此驚人的輕功。

三、黃金巷

布拉格堡一探，猶未盡興。隔一日，茵西又領了我們去黃金巷（Zlatá ulička）。那是一條令人懷古的磚道長巷，在堡之東北隅，一端可通古時囚人的達利波塔，另一端可通白塔。

從堡尾的石階一路上坡，入了古堡，兩個右轉就到了。巷的南邊是伯爾格瑞夫宮，北邊是碉堡的石壁，古時厚達一公尺。壁壘既峻，宮牆又高，黃金巷蜷在其間，有如峽谷，一排矮小的街屋，蓋著瓦頂，就勢貼靠在厚實的堡壁上。十六世紀以後，住在這一排陋屋裏的，是號稱神槍手（sharpshooters）的砲兵，後來金匠、裁縫之類也來此開鋪。相傳在魯道夫二世之朝，這巷裏開的都是鍊金店，所以叫做黃金巷。

如今這些矮屋，有的漆成土紅色，有的漆成淡黃、淺灰，蜷縮在斜覆的紅瓦屋頂下，令人幻覺，怎麼走進童話的插圖裏來了？這條巷子只有一百三十公尺長，但其寬度卻不規則，闊處約為窄處的三倍。走過窄處，張臂幾乎可以觸到兩邊的牆壁，加以屋矮門低，牆壁的顏色又塗得稚氣可掬，乃令人覺其可親可愛，又有點不太現實。進了門去，更是屋小如舟，只要人多了一點，就會摩肩接踵，又髣髴是擠在電梯間裏。

砲兵和金匠當然都不見了。興奮的遊客探頭探腦，進出於迷你的玩具店、水晶店、書店、咖啡館，總不免買些小紀念品回去。最吸引人的一家在淺綠色的牆上釘了一塊細長的銅牌，上刻「佛朗慈・卡夫卡屋」，頗帶梵谷風格的草綠色門楣上，草草寫上「二十二號」。裏面是一間極小的書店，除了陳列一些卡夫卡的圖片說明，就是賣書了。我用七十克朗（crown，捷克文為 korun，與臺幣等值）買到一張布拉格的「漫畫地圖」，十分得意。

「漫畫地圖」是我給取的綽號，因為正規地圖原有的抽象符號，都用漫畫的筆法，簡要明快地繪成生動的具象：其結果是地形與方位保持了常態，但建築與行人、街道與廣場的比例，卻自由縮放，別有諧趣。

黃金巷快到盡頭時，有一段變得更窄，下面是灰色的石磚古道，上面是蒼白的一線陰天，兩側是削面而起的牆壁，縱橫著斑剝的滄桑。行人走過，步聲跫然，隱蔽之中別有一種隔世之感。這時光隧道通向一個空落落的天井，三面圍著鐵灰的厚牆，只有幾扇封死了的高窗。顯然，這就是古堡的盡頭了。

寒冷的岑寂中，我們圍坐在一柄夏天的涼傘下，捧喝著咖啡與熱茶取暖。南邊的石城牆上嵌著兩扉木門，灰褐而斑駁，也是封死了的。門上的銅環，上一次是誰來叩響的呢，問滿院的寂寞，所有的頑石都不肯回答。我們就那麼坐著，似乎在傾聽六百年古堡隱隱的耳語，在訴說一個灰頹的故事。若是深夜在此，查理四世的鬼魂一聲咳嗽，整座空城該都有回聲。而透過窄巷，仍可窺見那一頭的遊客來往不絕，恍若隔了一世。

四、猶太區

凡愛好音樂的人都知道，布拉格是斯麥塔納和德伏乍克之城。同樣，文學的讀者也都知道，卡夫卡，悲哀的猶太天才，也是在此地誕生，寫作，度過他一生短暫的歲月。

悲哀的猶太人在布拉格，已有上千年的歷史。斯拉夫人來得最早，在第五世紀便住在今日布拉格堡所在的山上了。然後在第十世紀來了亞伯拉罕的後人，先是定居在魔濤河較上游的東岸，十三世紀中葉更在老城之北，正當魔濤河向東大轉彎處，以今日「猶太舊新教堂」（Staronová syngoga）爲中心，發展出猶太區來。儘管猶太人納稅甚豐，當局對他們的態度卻時寬時苛，而布拉格的市民也很不友善，因此猶太人沒有公民權，有時甚至遭到迫遷。直到一八四八年，開明的哈布司堡朝皇帝約瑟夫二世（Joseph II）才賦予公民權。猶太人爲了感恩，乃將此一地區改稱「約瑟夫城」（Josefov），一直沿用迄今。

這約瑟夫城圍在布拉格老城之中，乃布拉格最小的一區，卻是遊客必訪之地。茵西果然帶我們去一遊。我們從地鐵的佛羅倫斯站（Florenc）坐車到橋站（Můstek），再轉車到老城站（Staroměstská），沿著西洛卡街東行一段，便到了老猶太公墓。從西洛卡街一路蜿蜒到利斯托巴杜街，這一片凌亂而又荒蕪的墓地呈不規則的Z字形。其間的墓據說多達一萬二千，三百多年間的葬者層層相疊，常在古墓之上堆上新土，再葬新鬼。最早的碑石刻於一四三九年，死者是詩人兼法學專家阿必多・卡拉；最後葬此的是摩西・貝克，時在一七八七年。由於已經墓滿，「死無葬身之地」，此後的死者便葬去別處。

那天照例天陰，冷寂無風，進得墓地已經半下午了。葉落殆盡的枯樹林中，飄滿蝕黃鏽赤的墓地上，盡堆著一排排一列列的石碑，都已半陷在土裏，或正或斜，或傾側而欲倒，或入土已深而只見碑頂，或出土而高欲與人齊，或交肩疊背相恃相倚，加以光影或迎或背，碑形或方或三角或繁複對稱，千奇百怪，不一而足。石面的浮雕古拙而蒼勁，有些花紋圖案本身已恣肆淋漓，再歷經風霜雨露天長地久的侵蝕，半由人雕鑿半由造化磨練，終於斑剝陸離完成這滿院的雕刻大展，陳列著三百多年的生老病死，一整個民族流浪他鄉的驚魂擾夢。

我們走走停停，憑弔久之，徒然猜測碑石上的希伯萊古文刻的是誰何的姓氏與行業，不過發現石頭的質地亦頗有差異：其中石紋粗獷、蒼青而近黑者乃是砂岩，肌理光潔、或白皙或淺紅者應爲大理石，砂岩的墓碑年代古遠，大理石碑當較晚期。

「這一大片迷魂石陣，」轉過頭去我對天恩說，「可稱爲布拉格的碑林。」

「一點也不錯，」天恩走近來，「可是怎麼只有石碑，不見墳墓？」

茵西也走過來，一面翻閱小冊子，說道：「據說是石上塡土，土上再立碑，共有十層之深。」

「眞是不可思議，」隱地也拎著相機，追了上來。四顧不見邦媛，我存和我問茵西，茵西笑答：

「她在外面等我們呢。她說，黃昏的時候莫看墳墓。」

經此一說，大家都有點惴惴不安了，更覺得墓地的陰森加重了秋深的蕭瑟。一時衆人默然面對群碑，天色似乎也暗了一層。

「擾攘一生，也不過留下一塊頑石。」天恩感嘆。

「能留下一塊碑就不錯了，」茵西說。「二次大戰期間，納粹在這一帶殺害了七萬多猶太人。這些冤魂在猶太教堂的紀念牆上，每個人的名字和年分只佔了短短窄窄一小行而已——」

「眞的啊？」隱地說。「在哪裏呢？」

「就在隔壁的教堂，」茵西說。「跟我來吧。」

墓地入口處有一座巴洛克式的小教堂，叫做克勞茲教堂（Klaus Synagogue），裏面展出古希伯萊文的手稿和名貴的版畫，但令人低徊難遣的，卻是樓上收集的兒童作品。那一幅幅天眞爛漫的素描和水彩，線條活潑，構圖單純，色調生動，在稚拙之中流露出童眞的淘氣、諧趣。觀其潛力，若是加以培養，未必不能成就來日的米羅和克利。但是，看過了旁邊的說明之後，你忽然笑不起來了。原來這些孩子都是納粹佔領期間關在泰瑞辛（Terezin）集中營裏的小俘虜：當別的孩子在唱兒歌看童話，他們卻擠在窒息的貨車廂裏，被押去令人嗆咳而絕的毒氣室，那滅族的屠場。

腳步沈重，心情更低沉，我們又去南邊的一座教堂。那是十五世紀所建的文藝復興式古屋，叫平卡斯教堂（Pinkas Synagogue），正在翻修。進得內堂，迎面是一股悲肅空廓的氣氛，已經直覺事態嚴重。窗高而小，下面只有一面又一面石壁，令人絕望地仰面窺天，呼吸不暢，如在地牢。高峻峭起的石壁，一幅連接著一幅，從高出人頭的上端，密密麻麻，幾乎是不留餘地，令人的目光難以舉步，一排排横刻著死者的姓名和遇難的日期，名字用血的紅色，死期用訃聞的黑色，一直排列到牆角。我們看得眼花而鼻酸。湊近去細審徐讀，才把這滅族的浩劫一一還原成家庭的噩耗。我站在F部的牆下，發現竟有心理學家佛洛依德的宗親，是這樣刻的：

FREUD Artur 17.V 1887-1.X 1944 Flora 24.II 1893-1.X 1944

這麼一排字，一個悲痛的極短篇，就說盡了這對苦命夫妻的一生。丈夫阿瑟·佛洛依德比妻子芙羅拉大六歲，兩人同日遇難，均死於一九四四年十月一日，丈夫五十七歲，妻子五十一歲，其時離大戰結束不過七個月，竟也難逃劫數。另有一家人與漢學家佛朗科同姓，刻列如下：

FRANKL Leo 28.I 1904-26.X 1942 Olga 16.III 1910-26.X 1942 Pavel 2.VII 1938-26.X 1942

足見一家三口也是同日遭劫，死於一九四二年十月廿六，爸爸利歐只有三十八歲，媽媽娥佳只有三十二，男孩巴維才四歲呢。僅此一幅就摩肩接踵，横刻了近二百排之多，幾乎任挑一家來核對，都是同年同月同日死去，偶有例外，也差得不多。在接近牆腳的地方，我發現佛萊歇一家三代的死期：

FLEISCHER Adolf 15.X 1872-6.VI 1943 Hermina 20.VII 1874-18.VII 1943 Oscar 29.IV 1902-28.IV 1942 Gerda 12.IV 1913-28.IV 1942 Jiri 23.X 1937-28.IV 1942

根據這一串不祥數字，當可推測祖父阿道夫死於一九四三年六月六日，享年（忍年？）七十一歲，祖母海敏娜比他晚死約一個半月，忍年六十九歲：那一個半月她的悲慟或憂疑可想而知。至於父親奧斯卡，母親葛兒妲，孩子吉瑞，則早於一九四二年四月廿八日同時殞命，但祖父母是否知道，僅憑這一行半行數字卻難推想。

我一路看過去，心亂而眼酸，一面面石壁向我壓來，令我窒息。七萬七千二百九十七具赤裸裸的屍體，從耄耋到稚嬰，在絕望而封閉的毒氣室巨墓裏扭曲著扭扎著死去，千肢萬骸向我一鏟鏟一車車拋來投來，將我一層層一疊疊壓蓋在下面。於是七萬個名字，七萬不甘冤死的鬼魂，在這一面面密密麻麻的哭牆上一起慟哭了起來，滅族的哭聲、喊聲，夫喊妻，母叫子，祖呼孫，那樣高分貝的悲痛和怨恨，向我衰弱的耳神經洶湧而來，歷史的餘波回響捲成滅頂的大漩渦，將我捲進……我聽見在戰爭的深處母親喊我的回聲。

南京大屠殺，重慶大轟炸，我的哭牆在何處？眼前這石壁上，無論多麼擁擠，七萬多猶太冤魂總算已各就各位，丈夫靠著亡妻，夭兒偎著生母，還有可供憑弔的方寸歸宿。但我的同胞族人，武士刀夷燒彈下那許多孤魂野鬼，無名無姓，無宗無親，無碑無墳，天地間，何曾有一面半面的哭牆供人指認？

五、卡夫卡

今日留居在布拉格的猶太人，已經不多了。曾經，他們有功於發展黃金城的經濟與文化，但是往往贏不到當地捷克人的友誼。最狠的還是希特勒。他的計畫是要「徹底解決」，只保留一座「滅族絕種博物館」，那就是今日倖存的六座猶太教堂和一座猶太公墓。

德文與捷克文並爲捷克的文學語言。里爾克（R.M. Rilke, 1875-1926）、費爾非（Franz Werfel, 1890-1945）、卡夫卡（Franz Kafka, 1883-1924）同爲誕生於布拉格的德語作家，但是前二人的交遊不出猶太與德裔的圈子，倒是猶太裔的卡夫卡有意和當地的捷克人來往，並且公開支持社會主義。

然而就像他小說中的人物一樣，卡夫卡始終突不破自己的困境，注定要不快樂一生。身爲猶太種，他成爲反猶太的對象。來自德語家庭，他得承受捷克人民的敵視。父親是殷商，他又不見容於無產階級。另一層不快則由於厭恨自己的職業：他在「勞工意外保險協會」一連做了十四年的公務員，也難怪他對官僚制度的荒謬著墨尤多。

此外，卡夫卡和女人之間亦多矛盾：他先後訂過兩次婚，都沒有下文。但是一直壓迫著他、使他的人格扭曲變形的，是他那壯碩而獨斷的父親。在一封沒有寄出的信裏，卡夫卡怪父親不了解他，使他喪失信心，並且產生罪惡感。他的父親甚至罵他做「蟲豸」（**ein ungeziefer**）。緊張的家庭生活，強烈的宗教疑問，不斷折磨著他。在《審判》、《城堡》、《變形記》等作品中，年輕的主角總是遭受父權人物或當局誤解、誤判、虐待，甚至殺害。

就這麼，這苦悶而焦慮的心靈在晝魘裏徘徊夢遊，一生都自困於布拉格的迷宮，直到末年，才因肺病死於維也納近郊的療養院。生前他發表的作品太少，未能成名，甚至臨終都囑友人布洛德（**Max Brod**）將他的遺稿一燒了之。幸而布洛德不但不聽他的，反而將那些傑作，連同三千頁的日記、書信，都編妥印出。不幸在納粹然後是共黨的統治下，這些作品都無法流通。一九三一年，他的許多手稿被蓋世太保沒收，從此沒有下文。後來，他的三個姊妹都被送去集中營，慘遭殺害。

直到五〇年代，在卡夫卡死後三十年，他的德文作品才譯成了捷克文，並經蘇格蘭詩人繆爾夫婦（**Edwin and Willa Muir**）譯成英文。

布拉格，美麗而悲哀的黃金城，其猶太經驗尤其可哀。這金碧輝煌的文化古都，到處都聽得見卡夫卡咳嗽的回聲。最富於市井風味歷史趣味的老城廣場（**Staroměstské náměstí**），有一座十八世紀洛可可式的金斯基宮，卡夫卡就在裏面的德文學校讀過書，他的父親也在裏面開過時裝配件店。廣場的對面，還有卡夫卡藝廊，猶太區的入口處，梅索街五號有卡夫卡的雕像。許多書店的櫥窗裏都擺著他的書，掛著他的畫像。

畫中的卡夫卡濃眉大眼，憂鬱的眼神滿含焦灼，那一對瞳仁正是高高的獄窗，深囚的靈魂就攀在窗口向外窺探。黑髮蓄成平頭，低壓在額頭上。招風的大耳朵突出於兩側，警醒得似乎在收聽什麼可疑、可驚的動靜。挺直的鼻樑，輪廓剛勁地從眉心削落下來，被豐滿而富感性的嘴唇托個正著。

布拉格的迷宮把徬徨的卡夫卡困成了一場惡夢，最後這惡夢卻回過頭來，爲這座黃金城加上了桂冠。

六、遭竊記

布拉格的地鐵也叫 Metro，沒有巴黎、倫敦的規模，只有三線，卻也乾淨、迅疾、方便，而且便宜。令人吃驚的是：地道挖得很深，而自動電梯不但斜坡陡峭，並且移得很快，起步要是踏不穩準，同時牢牢抓住扶手，就很容易跌跤。梯道斜落而長，分爲兩層，每層都有五樓那麼高。斜降而下，雖無滑雪那麼迅猛，勢亦可驚。俯衝之際，下瞰深谷，令人有伊于胡底之憂。

布城人口一百廿多萬，街上並不顯得怎麼熙來攘往，可是地鐵站上卻眞是擠，也許不是那麼擠，而是因爲電梯太快，加以一邊俯衝而下，另一邊則仰昂而上，倍增交錯之勢，令人分外緊張。尖峰時段，車上摩肩擦背，就更擠了。

我們一到布拉格，駐捷克代表處的謝新平代表伉儷及黃顧問接機設宴，席間不免問起當地的治安。主人笑了一下說：「倒不會搶，可是扒手不少，也得提防。」大家鬆了一口氣，隱地卻說：「不搶就好。至於偷嘛，也是憑智慧——」逗得大家笑了。

從此我們心上有了小偷的陰影，尤其一進地鐵站，嚮導茵西就會提醒大家加強戒備。我在國外旅行，只要有機會搭地鐵，很少放過，覺得跟當地中、下層民衆擠在一起，雖然說不上什麼「深入民間」，至少也算見到了當地生活的某一橫剖面，能與當地人同一節奏，總是値得。

有一天，在布拉格擁擠的地鐵車上，見一乾瘦老者聲色頗厲地在責備幾個少女，老者手拉吊環而立，少女們則坐在一排。開始我們以爲那滔滔不絕的斯拉夫語，是長輩在訓晚輩，直到一位少女赧赧含笑站起來，而老者立刻向空位上坐下去，才恍然他們並非一家人，而是老者責罵年輕人不懂讓座，有失敬老之禮。我們頗有感慨，覺得那老叟能理直氣壯地當衆要年輕人讓座，足見古禮尙未盡失，民風未盡澆薄。不料第二天在同樣滿座的地鐵車上，一位十五、六歲的男孩，像是中學生模樣，竟然起身讓我，令我很感意外。不忍辜負這好孩子的美意，我一面笑謝，一面立刻坐了下去。那孩子「日行一善」，似乎還有點害羞，竟然半別過臉去。這一幕給我的印象至深，迄今溫馨猶在心頭。這小小的國民外交家，一念之仁，贏得遊客由衷的銘感，勝過了千言不慚的觀光手冊。苦難的波希米亞人，一連經歷了納粹與共產的凌虐折磨，竟然還有這麼善良的子弟，令人對所謂「共產國家」不禁改觀。

到布拉格第四天的晚上，我們乘地鐵回旅館。車到共和廣場（Náměsti Republicky），五個人都已下車，我跟在後面，正要跨出車廂，忽聽有人大叫「錢包！錢包！」聲高而情急。等我定過神來，隱地已衝回車上，後面跟著茵西。車廂裏一陣驚愕錯亂，只聽見隱地說：「證件全不見了！」整個車廂的目光都蝟聚在隱地身上，看著他抓住一個六十上下的老人，抓住那老人手上的棕色提袋，打開一看—卻是空的！

這時車門已自動合上。透過車窗，邦媛、天恩、我存正在月臺上惶惑地向我們探望。車動了。茵西向他們大叫：「你們先回旅館去！」列車出了站，加起速來。那被搜的老人也似乎一臉惶惑，拎著看來是無辜的提包。茵西追問隱地災情有多慘重，我在心亂之中，只朦朦意識到「證件全不見了！」似乎比丟錢更加嚴重。忽然，終站佛羅倫斯到了。隱地說：「下車吧！」茵西和我便隨他下車。我們一路走回旅館，途中隱地檢查自己的背包，發現連美金帶臺幣，被扒的錢包裏大約值五百多美金。「還好，」他最後說，「大半的美金在背包裏。臺灣的身分證跟簽帳卡一起不見了，幸好護照沒丟。不過——」

「不過怎麼？」我緊張地問道。

「被扒的錢包是放在後邊褲袋裏的，」隱地嘖嘖納罕。「袋是鈕扣扣好的，可是錢包扒走了，鈕扣還是扣得好好的。眞是奇怪！」

茵西和我也想不通。我笑說：「恐怕眞有三隻手——一手解鈕，一手偷錢，第三隻再把鈕扣上。」

知道護照還在，餘錢無損，大家都舒了一口氣。我忽然大笑，指著隱地說：「都是你，聽謝代表說此地只偷不搶，別人都沒開口，你卻搶著說：『偷錢要靠智慧，也是應該。』眞是一語成讖！」

七、緣短情長

捷克的玻璃業頗爲悠久，早在十四世紀已經製造教堂的玻璃彩窗。今日波希米亞的雕花水晶，更廣受各國歡迎。在布拉格逛街，最誘惑人的是琳琅滿目的水晶店，幾乎每條街都有，有的街更一連開了幾家。那些彩杯與花瓶，果盤與吊燈，不但造型優雅，而且色調清純，驚豔之際，觀賞在目，摩挲在手，令人不覺陷入了一座透明的迷宮，唉，七彩的夢。醒來的時候，那夢已經包裝好了，提在你的袋裏，相當重呢，但心頭卻覺得輕快。何況價錢一點也不貴：臺幣三兩百就可以買到小巧精緻，上千，就可以擁有高貴大方了。

我們一家家看過去，提袋愈來愈沈，眼睛愈來愈亮。情緒不斷上升。當然，有人不免覺得貴了，或是擔心行李重了，我便唸出即興的四字訣來鼓舞士氣：

昨天太窮
後天太老
今天不買
明天懊惱

大家覺得有趣，就一齊唸將起來，眞的感到理直氣壯，愈買愈順手了。

捷克的觀光局要是懂事，應該把我這〈勸購曲〉買去宣傳，一定能教無數守財奴解其嗇囊。

捷克的木器也做得不賴。紀念品店裏可以買到彩繪的漆盒，玲瓏鮮麗，令人撫玩不忍釋手。兩三千元就可以買到精品。有一盒繪的是天方夜譚的魔毯飛行，神奇富麗，美不勝收，可惜我一念吝嗇，竟未下手，落得「明天懊惱」之譏。

還有一種俄式木偶，有點像中國的不倒翁，繪的是胖墩墩的花衣村姑，七色鮮豔若俄國畫家夏高（Marc Chagall）的畫面。櫥窗裏常見這村姑成排站著，有時多達十一、二個，但依次一個比一個要小一號。仔細看時，原來這些胖妞都可以齊腰剝開，裏面是空的，正好裝下小一號的「妹妹」。

一天晚上，我們去看了莫札特的歌劇「唐喬凡尼」（Don Giovanni），不是眞人而是木偶所演。莫札特生於薩爾斯堡，死於維也納，但他的音樂卻和布拉格不可分割。他一生去過那黃金城三次，第二次去就是爲了「唐喬凡尼」的世界首演。那富麗而飽滿的序曲正是在演出的前夕神速譜成，樂隊簡直是現看現奏。莫札特親自指揮，前臺與後臺通力合作，居然十分成功。可是「唐喬凡尼」在維也納卻不很受歡迎，所以莫札特對布拉格心存感激，而布拉格也引以自豪。

一九九一年，爲紀念莫札特逝世兩百周年，布拉格的國家木偶劇場（National Marionette Theatre）首次演出「唐喬凡尼」，不料極爲叫座，三年下來，演了近七百場，觀衆已達十一萬人。我們去的那夜，也是客滿。那些木偶約有半個人高，造型近於漫畫，幕後由人拉線操縱，與音樂密切配合，而舉手投足，彎腰扭頭，甚至仰天跪地，一切動作在突兀之中別有諧趣，其妙正在眞幻之間。

臨行的上午，別情依依。隱地、天恩、我存和我四人，迴光返照，再去查理大橋。清冷的薄陰天，河風欺面，只有七、八度的光景。橋上衆藝雜陳，行人來去，仍是那麼天長地久的市井閒情。想起兩百年前，莫札特排練罷「唐喬凡尼」，沿著栗樹掩映的小巷一路回家，也是從查理大橋，就是我正踏著的這座灰磚古橋，到對岸的史泰尼茨酒店喝一杯濃烈的土耳其咖啡；想起卡夫卡、里爾克的步聲也在這橋上橐橐踏過，感動之中更覺得離情漸濃。

我們提著橋頭店中剛買的木偶；隱地和天恩各提著一個小卓別林，戴高帽，揮手杖，蓄黑髭，張著外八字，十分惹笑。我提的則是大眼睛翹鼻子的木偶皮諾丘，也是人見人愛。

沿著橋尾斜落的石級，我們走下橋去，來到康佩小村，進了一家叫「金剪刀」的小餐館。店小如舟，掩映著白紗的窗景卻精巧如畫，菜價只有臺北的一半。這一切，加上戶內的溫暖，對照著河上的淒冽，令我們懶而又賴，像古希臘耽食落拓棗的浪子，流連忘歸。尤其是隱地，儘管遭竊，對布拉格之眷眷仍不改其深。問起他此刻的心情，他的語氣恬淡而雋永：

「完全是緣分，」隱地說。「錢包跟我已經多年，到此緣盡，所以分手。至於那張身分證嘛，不肯跟我回去，也只是另一個自我，潛意識裏要永遠留在布拉格城。」

看來隱地經此一劫，境界日高。他已經不再是苦主，而是哲學家了。偷，而能得手，是聰明。被偷，而能放手，甚至放心，就是智慧了。

於是我們隨智者過橋，再過六百年的查理大橋。白鷗飛起，回頭是岸。

——八十三年十二月

沒有鄰居的都市

1

六年前從香港回來，就一直定居在高雄，無論是醒著夢著，耳中隱隱，都是海峽的濤聲。老朋友不免見怪：爲什麼我背棄了臺北。我的回答是：並非我背棄了臺北，而是臺北背棄了我。

在南部這些年來，若無必要，我絕不輕易北上。有時情急，甚至斷然說道：「拒絕臺北，是幸福的開端！」因爲事無大小，臺北總是坐莊，諸如開會、演講、聚餐、展覽等等，要是臺北一招手就倉皇北上，我在高雄的日子就過不下去了。

這麼說來，我眞像一個無情的人了，簡直是忘恩負義。其實不然。我不去臺北，少去臺北，怕去臺北，絕非因爲我忘了臺北，恰恰相反，是因爲我忘不了臺北——我的臺北，從前的臺北。那一坳繁華的盆地，那一盆少年的夢，壯年的回憶，盛著我初做丈夫，初做父親，初做作家和講師的情景，甚至更早，盛著我還是學生還有母親的歲月——當時燦爛，而今已成黑白片了的五十年代，我的臺北；無論我是坐國光號從西北，或是坐自強號從西南，或是坐華航從東北進城，那個臺北是永遠回不去了。

至於從八十年代忽已跨進九十年代的臺北，無論從報上讀到，從電視上看到，或是親身在街頭遇到的，大半都不能令人高興；無論先知或騙子用什麼「過渡」、「多元」、「開放」來詮釋，也不能令人感到親切。你走在忠孝東路上，整個亮麗而囂張的世界就在你肘邊推擠，但一切又似乎離你那麼遙遠，什麼也抓不著，留不住。像傳說中一覺醒來的獵人，下得山來，闖進了一個陌生的世界，你走在臺北的街上。

所謂鄉愁，如果是地理上的，只要一張機票或車票，帶你到熟悉的門口，就可以解決了。如果是時間上的呢，那所有的路都是單行，所有的門都閉上了，沒有一扇能讓你回去。經過香港的十年，我成了一個時間的浪子，背著記憶沉重的行囊，回到臺北的門口，卻發現金鑰匙丟了，我早已把自己反鎖在門外。

驚疑和悵惘之中，即使我叫開了門，裏面對立著的，也不過是一張陌生的臉，冷漠而不耐。

「那你爲什麼去高雄呢？」朋友問道，「高雄就認識你麼？」

「高雄原不識年輕的我，」我答道，「我也不認識從前的高雄。所以沒有失落什麼，一切可以從頭來起。臺北不同，背景太深了，自然有滄桑。臺北盆地是我的回聲谷，無窮的回聲繞著我，祟著我，轉成一個記憶的漩渦。」

2

那條廈門街的巷子當然還在那裏。臺北之變，大半是朝東北的方向，挖土機對城南的蹂躪，規模小得多了。如果臺北盆地是一個大回聲谷，則廈門街的巷子是一條曲折的小回聲谷，響著我從前的步聲。我的那條「家巷」，一一三巷，巷頭連接廈門街，巷尾通到同安街，當然仍在那裏。這條窄長的巷子，頗有文學的歷史。五十年代，《新生報》的宿舍就在巷腰，常見彭歌的蹤影。有一度，潘壘也在巷尾卜居。《文學雜誌》的時代，發行人劉守宜的寓所，亦即雜誌的社址，就在巷尾斜對面的同安街另一小巷內。所以那一帶的斜巷窄弄，也常聞夏濟安、吳魯芹的咳唾風生，夏濟安因興奮而赧赧的臉色，對照著吳魯芹泰然的眸光。王文興家的日式古屋掩映在老樹蔭裏，就在同安街尾接水源路的堤下，因此腳程所及，也常在附近出沒。那當然還是《家變》以前的淹遠歲月。後來黃用家也遷去一一三巷，門牌只差我家幾號，一陣風過，兩家院子裏的樹葉都會前後吹動的。

赫拉克萊德司說過：「後浪之來，滾滾不斷。拔足更涉，已非前流。」時光流過那條長巷的迴聲狹谷，前述的幾人也都散了。只留下我這廈門人氏，長守在廈門街的僻巷，直到八十年代的中葉，才把它，我的無根之根，非產之產，交給了晚來的洪範書店和爾雅出版社去看顧。

只要是我的「忠實讀者」，沒有不知道廈門街的。近乎半輩子在其中消磨，母親在其中謝世，四個女兒和十七本書在其中誕生，那一帶若非我的鄉土，至少也算是我的市井、街坊、閭里和故居。若是我患了夢遊症，警察當能在那一帶將我尋獲。

儘管如此，在我清醒的時刻，是不會去重遊舊地的。儘管每個月必去臺北，卻沒有勇氣再踏進那條巷子，更不敢去憑弔那棟房子，因爲巷子雖已拓寬、拉直，兩旁卻立刻停滿了汽車，反而更形狹隘。曾經是扶桑花、九重葛掩映的矮牆頭，連帶扶疏的樹影全不見了，代之矗起的是層層疊疊的公寓，和另一種枝柯的天線之網。清脆的木屐敲叩著滿巷的寧謐，由遠而近，由近而低沉。清脆的腳踏車鈴在門外叮叮曳過，那是早晨的報販，黃昏放學的學生，還有三輪車夾雜在其間。夜深時自有另外的聲音來接班，淒清而幽怨的是按摩女或盲者的笛聲，悠緩地路過，低抑中透出沉洪的，是呼喚晚睡人的「燒肉粽」。那燒肉粽，一掀開籠蓋白氣就騰入夜色，我雖然從未開門去買過，但是聽在耳裏，知道巷子裏還有人在和我分擔深夜，卻減了我的寂寞。

但這些都消失了，拓寬而變窄的巷子，激盪著汽車、爆發著機車的噪音。巷裏住進了更多的人，卻失去了鄰居，因爲回家後人人都把自己關進了公寓，出門，又把自己關進了汽車。走在今日的巷子裏，很難聯想起我寫的〈月光曲〉：

廈門街的小巷纖細而長
用這樣乾淨的麥管吸月光
涼涼的月光，有點薄荷味的月光

而機器狼群的厲嘷，也淹蓋了我的〈木屐懷古組曲〉：

踢踢踏
踏踏踢
給我一雙小木屐
讓我把童年敲敲醒
像用笨笨的小樂器
從巷頭
到巷底

3 踢力踏拉 踏拉踢力

五十年代的青年作者要投稿，《中央副刊》是兵家必爭之地。我從香港來臺，插班臺大外文系三年級，立刻認眞向中副投稿，每投必中。只有一次詩稿被退，我不服氣，把原詩再投一次，竟獲刊出。這在中國的投稿史上，不知有無前例。最早的時候，每首詩的稿酬是五元，已經夠我帶女友去看一場電影，吃一次館子了。

詩稿每次投去，大約一週之後刊登。算算日子到了，一大清早只要聽到前院拍撻一聲，那便是報紙從竹籬笆外飛了進來。我就推門而出，拾起大王椰樹下的報紙，就著玫紅的晨曦，輕輕、慢慢地抽出裏面的副刊。最先瞥見的總是最後一行詩，只一行就夠了，是自己的。那一刹那，世界多奇妙啊，朝霞是新的，報紙是新的，自己的新作也是簇簇新嶄嶄新。編者又一次肯定了我，世界，又一次向我矚目，眞夠人飄飄然的了。

不久稿費通知單就來了，靜靜抵達門口的信箱。當然還有信件、雜誌、贈書。世界來敲門，總是騎著腳踏車來的，煞車聲後，更撳動痙攣的電鈴。我要去找世界呢，也是先牽出輕俊而靈敏的赫赳力士（Hercules），左腳點鐙，右腳翻騰而上，曳一串爽脆的鈴聲，便上街而去。腳程帶勁而又順風的話，下面的雙輪踩得出哪吒的氣勢，中山北路女友的家，十八分鐘就到了。

臺大畢業的那個夏夜，我和蕭堉勝並馳腳踏車直上圓山，躺在草地上怔怔地對著星空。學生時代終於告別了，而未來充滿了變數，不知如何是好。那時候還沒有流行什麼「失落的一代」，我們卻眞是失落了。幸好人在社會，身不由己。大學生畢業後受訓、服役，從我們那一屆開始。我們是外文系出身，不必去鳳山嚴格受訓，便留在臺北做起翻譯官來。我先後在國防部的聯絡局與第三廳服役，竟然出入總統府達三年之久。直到一九五六年，夏濟安因爲事忙，不能續兼東吳的散文課，要我去代課。這是我初登大學講壇的因緣。

住在五十年代的臺北，自覺紅塵十丈，夠繁華的了。其實人口壓力不大，交通也還流暢，有些偏僻街道甚至有點田園的野趣。騎著腳踏車，在和平東路上向東放輪疾駛，翹起的拇指山滿有性格地一直在望，因爲前面沒有高樓，而一過新生南路，便車少人稀，屋宇零落，開始荒了。雙輪向北，從中山北路二段右轉上了南京東路，並非今日寬坦的四線大道，啊不是，只是一條粗鋪的水泥彎路，在水田青秧之間蜿蜒而隱。我上臺大的那兩年，雙輪沿羅斯福路向南，右手盡是秧田接秧田，那麼純潔無辜的鮮綠，偏偏用童眞的白鷺來反喻，怎不令人眼饞，若是久望，眞要得「饜綠症」了。這種幸福的危機，目迷霓虹的新臺北人是不用擔心的。

大四那一年的冬天，一日黃昏，寒流來襲，吳炳鍾老師召我去他家吃火鍋。冒著削面的冰風騎車出門，我先去衡陽街兜了一圈。不過八點的光景，街上不但行人稀少，連汽車、腳踏車也交不到幾輛，只有陰雲壓著低空，風聲搖撼著樹影。五十年代的臺北市，今日回顧起來，只像一個不很起眼的小省城，繁榮或壯麗都說不上，可是空間的感覺似乎很大，因爲空曠，至少比起今日來，人稀車少，樹密屋低。四十年後，臺北長高了，顯得天小了，也長大了，可是因爲擠，反而顯得縮了。臺北，像裹在所有臺北人身上的一件緊身衣。那緊，不但是對肉體，也是對精神的壓力，不但是空間上，也是時間上的威脅。一根神經質的秒針，不留情面地追逐著所有的臺北人。長長短短的截止日期，爲你設下了大限小限，令你從夢裏驚醒。只要一出門，天羅地網的招牌、噪音、廢氣、資訊資訊資訊，就把你鞭笞成一隻無助的陀螺。

何時你才能面對自己呢？

那時的武昌街頭，一位詩人可以靠在小書攤上，君臨他獨坐的王國，與磨鏡自食的斯賓諾薩，以桶爲家的戴阿吉尼司遙遙對笑。而牯嶺街的矮樹短牆下，每到夜裏，總有一群夢遊昔日的書迷，或老或少，或佝僂，或蹲踞，向年淹代遠的一堆堆一疊疊殘篇零簡、孤本祕笈，各發其思古之幽情。

那時的臺北，有一種人叫做「鄰居」。在我廈門街巷居的左鄰，有一家人姓程。每天清早，那父親當庭漱口，聲震四方。晚餐之後，全家人合唱聖歌，天倫之樂隨安詳的旋律飄過牆來。四十年後，這種人沒有了。舊式的「厝邊人」全絕跡了，換了一批戴面具的「公寓人」。這些人顯然更聰明，更富有，更忙碌，愛拚才會贏，令人佩服，卻難以令人喜歡。

臺北已成沒有鄰居的都市。

使我常常回憶發跡以前的那座古城。它在電視和電腦的背後，傳眞機和行動電話的另一面。坐上三輪車我就能回去，如果我找得到一輛三輪車。

——八十一年一月

雙城記往

1

英國小說大家狄更斯的名著《雙城記》，以法國大革命的動盪時代爲背景，敘述在倫敦與巴黎之間發生的一個悲壯故事。卷首的一段名言，道盡一個偉大時代的希望與絕望，矛盾之中別有天機，歷來不斷有人引述。其實雙城的現象不但見於時勢與國運，即使在個人的生命裏，也常成爲地理的甚至心理的格局。不過雙城的格局也應具相當的條件。例如相距不可太遠，否則相互的消長激盪不夠迅疾，也欠明顯。同時雙方必須勢均力敵，才成其爲犄角之勢，而顯得緊張有趣，否則以小事大或以大吞小，就難謂其雙了。另一方面，距離也不能太小，格調也不能太近，否則缺少變化，沒有對照，就有點像複製品了。

這麼說來，《安娜·卡列妮娜》中的莫斯科與聖彼得堡也算得是雙城。長安與洛陽先後成爲西漢與東漢的京都，當然也是雙城。其實長安的故址鎬京與洛陽，先後也是西周與東周建都所在。民初作家筆下並稱的京滬，旗鼓相當，確有雙城之勢，但是對我並非如此，只因我久居南京而少去上海。抗戰時代，我在重慶七年，卻無緣一遊成都。後來在廈門大學讀了一學期，也從未去過福州。我的生命之中出現雙城的形勢，是從臺北和香港之間開始，那時，七十年代已近中葉了。

其實對我說來，七十年代是從丹佛啓幕的。在落磯大山皚皚雪峰的冷視下，我在那高旱的山城住了兩年，詩文的收穫不豐，卻帶回來熱烈的美國民謠和搖滾樂，甚至宣稱：在踏入地獄之前，如果容我選擇，則我要帶的不一定是詩，而且一定不是西洋現代詩。

一九七一年夏天我回到臺北，滿懷鼓吹美國搖滾樂的熱情，第一件事情便是在《人間》副刊發表我翻譯的一篇長文，奈德・羅倫（Ned Rorem）所撰的〈披頭四的音樂〉，頗令一般文友感到意外。那時的臺灣，經濟正趨繁榮，外交卻遭重挫，政治氣氛相當低迷。主編王鼎鈞拿到我的稿子，同樣覺得意外，並且有點政治敏感，顯得沉吟不決，但終於還是刊出了。不久我去各校演講，常以美國的搖滾樂爲題，聽衆很多。我對朋友自嘲說，我大概是臺灣最老的搖滾樂迷了，同時我爲《皇冠》雜誌寫一個專欄，總名「聽，那一窩夜鶯」，原擬介紹十二位女歌手，包括瓊妮・米巧和阿麗莎・富蘭克林，結果只刊了瓊・拜絲和久迪・柯玲絲兩位便停筆了，十分可惜。

自己的創作也受到歌謠的影響。其實早從丹佛時代的〈江湖上〉起，這影響已經開始。在詩集《白玉苦瓜》裏，這種民謠風的作品至少有十首；日後的〈兩相惜〉、〈小木屐〉等作仍是沿此詩風歌韻。當時寫這些格律小品，興到神來，揮筆而就，無須終夕苦吟，卻未料到他日流傳之廣，入樂之頻，遠遠超過深婉曲折的長篇。像〈鄉愁〉、〈民歌〉、〈鄉愁四韻〉這幾首，大陸讀者來信，就經常提起。詩，比人先回鄉，該是詩人最大的安慰。

這當然是後來的事了。但是早在七十年代初期，這些詩在受歌謠啟示之餘，已經倒過來誘發了臺灣當時所謂的現代民謠。楊弦把我的八首詩譜成了新曲，有的用西洋搖滾的節奏，像〈搖搖民謠〉，有的伴以二胡低迴而溫婉的鄉音，像〈鄉愁〉，不過楊弦統稱之為現代民歌，而且在一九七五年六月六日的雨夜，領著一群歌手與琴手，演唱給中山堂的兩千聽眾。這時，七十年代剛到半途。

後來現代民歌漸成氣候，年輕的作曲者和歌手紛紛興起，又成了校園歌曲，歷七十年代而不衰。但自八十年代以來，這一股清新的支流漸被吸入流行歌曲的滔滔洪流，涇渭難分，下落不明。除了像羅大佑那樣仍能保持鮮明的反叛風格者之外，多半都已陷入商業主義，不但內容淺薄，歌詞尤其鄙陋。

2

在六十年代的文壇，期刊雜誌曾經是爲嚴肅文學證道甚至殉道的重鎮。除了同人詩刊之外，《文星》、《現代文學》、《文學季刊》、《幼獅文藝》、《純文學》等雜誌，前前後後，撐持了大半個文壇。若要追尋六十年代聖朝的腳印，多在此中，因爲那時報紙的副刊，除了林海音、王鼎鈞少數主編者之外，都不很同情現代文學，所以「前衛作家」之類不得不轉入地下，成爲「半下流社會」。

但是到了七十年代，情況卻有了逆轉，副刊漸執文壇牛耳，文學雜誌卻靠邊站了。令人印象最深的，乃是崛起《人間》的「高信疆現象」。一九七一年我們退出聯合國，次年又與日本斷交，一連兩大重挫震撼了文化界，逼得我們不能不重認自己，檢討七十年代初期這孤島驚險的處境。在文壇上，寫實主義與鄉土意識乃應運而生。高信疆適時出現，英勇而靈巧地推進了當年的文運，影響至爲深遠。方其盛時，簡直可以「挾繆思以召作家」，左右文壇甚至文化界的氣候。他的精力旺，反應快，腳步勤，點子也多，很有早年蕭孟能、朱橋的遺風，卻比前人多了大報的銷路、頻率、財力可供驅遣。從專題策畫到美工升級，從專訪、座談、演講、論戰到大型文學獎的評審，副刊在高信疆的運轉之下，發揮了前所未有的魅力與影響。

這情形，直到一九七八年痙弦從威斯康辛學成歸國，才有改觀。痙弦是一位傑出詩人，且有多年主編《幼獅文藝》的經驗，文壇的淵源深廣，接手《聯副》之後，自然成爲另一重鎮。於是兩大報副刊爭雄的局面展開，成爲文壇新的生態。在七十年代，報禁未開，每天三大張的篇幅中，副刊最具特色，影響十分深遠。作家在大報上只要刊出一篇好作品，就爲文壇衆所矚目。反而在解嚴之後，各報大事增張，徒然多了一些言不及義的港式「無厘頭」副刊，模糊了文藝和消遣的區分。在「雞免同籠」的混水裏，眞正的作家欲求一文驚世，比從前反而要難得多了。

七十年代的文學期刊，只有《中外文學》和《書評書目》等寥寥幾種，影響不如六十年代。兩大報的副刊不但讀者多、稿酬高、言論開放、文章整齊、版面活潑，且多海外作者，視界較寬。兩邊的編輯部有的是人力與財力，而且勤於邀約海外稿件，因爲當時臺灣的言論與資訊限制仍多，海外學者與作家乃顯得見多識廣，尤以對大陸的情況爲然，何況人在海外，也比較不怕政治禁忌。所以夏志清的論評、陳若曦的小說，每刊一篇，常會引起一陣轟動。曾有若干作者，在臺灣投稿不刊，去了美國再投回來，就登出來了。這種「遠來僧尼情意結」（因爲有不少女作家），引起一句笑談：「到人間的捷徑是經由美國。」

3

香港，當然也是一條捷徑。早在七十年代，相對於臺北的禁閉，香港是兩岸之間地理最逼近、資訊最方便、政治最敏感、言論卻最自由的地區；而在兩岸若離若接的後門，也是觀察家、統戰家、記者、間諜最理想的看臺。

時至今日，還有天眞的民族主義者、與後左派的知識分子，昧於香港的現實與民心，把珠江口那一列半島與群島，一曲漁歌變成的海市奇蹟，仍然看成十九世紀式受人蹂躪的殖民地，而鼓勵港人奮起，要反對帝國主義與資本主義，令「被壓迫的」港人感到愕然。

香港誠然是一塊殖民地，理應收回祖國，但是生活在那裏的中國人，尤其從七十年代以來，只有比其他的中國人地區，更加自由、安定、富裕。它不是一個主權國家，談不上什麼民主，但以法治而言，則遠勝臺灣與大陸，可與新加坡比美。中共立國之初，毛澤東在天安門宣布：中國的人民站起來了！他這句大話是落了空，因爲站起來的只是國家，而眞正的人民，就民主、自由、法治看來，始終並沒有站起來。

我去香港中文大學的中文系任教，是在一九七四年的夏末。這決定對我的後半生，影響重大，因爲我一去就是十一年，再回頭時，頭已白了。如果我當初留在臺北，則我的大陸情結不得發展，而我的香港因緣也無由發生，於是作品的主題必大爲改觀，而文學生命也另呈風貌。歷史的棋局把我放在七十年代後期的香港，對我說來，是不能再好的一步。

但是初去香港，卻面臨一大挑戰。英語和粵語並行，西方和東方交匯，左派和右派對立，香港確實是充滿矛盾而又兼容並蓄的「第三個中國」：兩岸下棋，它觀棋，不但觀棋，還要評棋。

我去香港，正值文革末期，臺灣在那裏的地位處於低潮，政治與文化的影響力至爲薄弱。另一方面，中共的勢力方盛，極左派主宰了一切。中文大學的學生會，口號是「認祖關社」（認識祖國，關心社會），言論完全追隨新華社，對臺灣的一切都予否定。從九龍乘渡輪去香港，中國銀行頂樓垂下的大紅布條，上書「戰無不勝的毛澤東思想萬歲」，觸目驚心，在波上赫然可見。但這面雄視、紅視港九的戰旗，在毛澤東死後，立刻就不見了。

在那種年代，一個敏感的藝術心靈，只要一出松山機場，就勢必承受海外的風雨。香港，中國大陸統戰的後門，在文革期間風雨更大。首先，你發現身邊的朋友都變了。於梨華學妹進入大陸的前夕，在香港和我見面，席間的語氣充滿了對「新大陸」一廂情願的樂觀。溫健騮，我在政大的高足，準備研究《金光大道》做他的博士論文，並且苦諫落伍的老師，應該認清什麼才是中國文學的大道。唐吉訶德方欲苦戰風車，卻發現桑丘・龐沙，甚至羅西南代都投向了磨坊的一方，心情可想而知。

然後是左報左刊的圍剿，文章或長或短，體裁有文有詩，前後加起來至少有十萬字，罪名不外是「反華」、「反人民」、「反革命」。有一首長詩火力射向夏志清和我，中間還有這樣義正詞嚴的警句：你精緻的白玉苦瓜，怎禁得起工人的鐵鎚一揮？時間到了，終難逃人民的審判！

上課也有問題。我教的一門「現代文學」，範圍是五四以來的中國新文學，選課的學生少則五、六十人，多則逾百。可是坊間的新文學史之類，不外是王瑤、劉綬松所著，意識形態一律偏左，從胡適到沈從文，從梁實秋到錢鍾書，凡非左作家不是否定，便是消音，沒有一本可用。我只好自編史綱，自選教材，從頭備起課來。還記得在講新詩的時候，一位左傾的學生問我，爲什麼不選些當代進步的詩人如賀敬之之類。我正沉吟之際，班上另一位學生卻搶著說：「那些詩多乏味，有什麼讀頭？」問話的男生拗不過答話的女生，就不再提了。那女生，正是黃維樑的妹妹綺瑩。

每學期末批閱學生的報告，也是一大工程，不但要改別字，剔出語病，化解生硬冗贅的西化句法，更要指出其中史觀之淺陋、評價之失當，在眉批之外，更要在文末撮要總評。有一年的暑假，幾乎就整個花在這件事上。終於漸見成效，學生的流行觀念漸見修正。如此兩年之後，毛澤東死，四人幫下臺，文革結束，香港的大學生們醒自社會主義的美夢，才眞正重新「認識祖國」。也就在這時，梁錫華與黃維樑新受聘於中文大學，來中文系和我同事。我們合力，糾正了新文學教學上膚淺與偏激之病，把這些課程漸漸帶上寬闊的正軌。

4

七十年代的臺北，曾經是不少香港人心目中可羨的文化城。以治安而言，當年臺北遠勝於香港，僑生漫步於深夜的臺北，覺得是一大解脫。一九七五年，中文大學入學試的中文作文，題目是〈香港應否恢復死刑？〉考生多以慨歎本地治安不寧破題，再引臺北爲例，說明有死刑的地方有多麼寧靜，結論是香港應該學學臺北。

那時香港的作家羨慕臺北的報紙重視文學，不但園地公開，篇幅充裕，稿酬優厚，而且設立文學獎，舉辦演講會，對社會影響至鉅；也羨慕臺北的書市繁榮，文學書籍出得又多又快，水準整齊，銷路也好。頗有一些香港作家願意，甚至只能，在臺北出書。同時，臺灣學生的中文程度，也要比香港高出一截。

二十年後，臺北的這些優勢都似乎難以保持了。中產階級因治安惡化，政局動盪而想移民。作家們甚至在討論，文學是否已死亡。文學獎設得很多，獎金豐富，但競爭不夠熱烈，而得獎人別字不少。臺灣是發了，但是發得不正常，似乎有點得不償失。

5

七十年代一結束，我曾迫不及待，從香港回到臺北，在師範大學客座一年。那時我離臺已經六年，心中充滿了回家的喜悅，走在廈門街的巷子裏，我的感覺「像蟲歸草間，魚潛水底。」八十年代的中期我回臺定居，再見臺北，那種喜悅感沒有了。我幾乎像一個「異鄉人」，尋尋覓覓，回不到自己的臺北。

八年來我一直定居在高雄，不折不扣，做定了南部人。除了因公，很少去臺北了。現在我的新雙城記似乎應該改成高雄對臺北：無論如何，北上南下，早已八年於茲。但是我對臺北的向心力已大不如前，不如我在港的年代，因爲臺北似乎失去了心，失去了良心、信心，令人不能談情、講理、守法，教我如何向心？

倒數之感愈來愈強烈。二十世紀只剩下六年半了。九七之後香港在哪裏？九九之後澳門在哪裏？臺灣，要怎麼倒數呢？大陸，該如何倒數呢？願我的雙城長矗久峙，永不陸沉。

——八十二年七月

自豪與自幸

——我的國文啓蒙

每個人的童年未必都像童話，但是至少該像童年。若是在都市的紅塵裏長大，不得親近草木蟲魚，且又飽受考試的威脅，就不得縱情於雜學閒書，更不得看雲、聽雨，發一整個下午的呆。我的中學時代在四川的鄉下度過，正是抗戰，儘管貧於物質，卻富於自然，裕於時光，稚小的我乃得以親近山水，且涵泳中國的文學。所以每次憶起童年，我都心存感慰。

我相信一個人的中文根柢，必須深固於中學時代。若是等到大學才來補救，就太晚了，所以大一國文之類的課程不過虛設。我的幸運在於中學時代是在純樸的鄉間度過，而家庭背景和學校教育也宜於學習中文。

一九四〇年秋天，我進入南京青年會中學，成爲初一的學生。那家中學在四川江北縣悅來場，靠近嘉陵江邊，因爲抗戰，才從南京遷去了當時所謂的「大後方」。不能算是甚麼名校，但是教學認眞。我的中文跟英文底子，都是在那幾年打結實的。尤其是英文老師孫良驥先生，嚴謹而又關切，對我的教益最多。當初若非他教我英文，日後我是否進外文系，大有問題。

至於國文老師，則前後換了好幾位。川大畢業的陳夢家先生，兼授國文和歷史，雖然深度近視，戴著厚如醬油瓶底的眼鏡，卻非目光如豆，學問和口才都頗出衆。另有一位國文老師，已忘其名，只記得儀容儒雅，身材高大，不像陳老師那麼不修邊幅，甚至有點邋遢。更記得他是北師大出身，師承自多名士耆宿，就有些看不起陳先生，甚至溢於言表。

高一那年，一位前清的拔貢來教我們國文。他是戴伯瓊先生，年已古稀，十足是川人慣稱的「老夫子」。依清制科舉，每十二年由各省學政考選品學兼優的生員，保送入京，也就是貢入國子監，謂之拔貢。再經朝考及格，可充京官、知縣或教職。如此考選拔貢，每縣只取一人，眞是高材生了。戴老夫子應該就是巴縣（即江北縣）的拔貢，舊學之好可以想見。冬天他來上課，步履緩慢，意態從容，常著長衫，戴黑帽，坐著講書。至今我還記得他教周敦頤的〈愛蓮說〉，如何搖頭晃腦，用川腔吟誦，有金石之聲。這種老派的吟誦，隨情轉腔，一詠三歎，無論是當衆朗誦或者獨自低吟，對於體味古文或詩詞的意境，最具感性的功效。現在的學生，甚至主修中文系的，也往往只會默讀而不會吟誦，與古典文學不免隔了一層。

爲了戴老夫子的耆宿背景，我們交作文時，就試寫文言。憑我們這一手稚嫩的文言，怎能入夫子的法眼呢？幸而他頗客氣，遇到交文言的，他一律給六十分。後來我們死了心，改寫白話，結果反而獲得七、八十分，眞是出人意外。

有一次和同班的吳顯恕讀了孔稚珪的〈北山移文〉，佩服其文采之餘，對紛繁的典故似懂非懂，乃持以請教戴老夫子，也帶點好奇，有意考他一考。不料夫子一瞥題目，便把書闔上，滔滔不絕，不但我們問的典故他如數家珍地詳予解答，就連沒有問的，他也一併加以講解，令我們佩服之至。

國文班上，限於課本，所讀畢竟有限，課外研修的師承則來自家庭。我的父母都算不上甚麼學者，但他們出身舊式家庭，文言底子照例不弱，至少文理是曉暢通達的。我一進中學，他們就認爲我應該讀點古文了，父親便開始教我魏徵的〈諫太宗十思疏〉，母親也在一旁幫腔。我不太喜歡這種文章，但感於雙親的諄諄指點，也就十分認眞地學習。接下來是讀〈留侯論〉，雖然也是以知性爲主的議論文，卻淋漓恣肆，兼具生動而鏗鏘的感性，令我非常感動。再下來便是〈春夜宴桃李園序〉、〈弔古戰場文〉、〈與韓荊州書〉、〈陋室銘〉等幾篇。我領悟漸深，興趣漸濃，甚至倒過來央求他們多教一些美文。起初他們不很願意，認爲我應該多讀一些載道的文章，但見我頗有進步，也眞有興趣，便又教了〈爲徐敬業討武曌檄〉、〈滕王閣序〉、〈阿房宮賦〉。

父母教我這些，每在講解之餘，各以自己的鄉音吟哦給我聽。父親誦的是閩南調，母親吟的是常州腔，古典的情操從鄉音深處召喚著我，對我都異常親切。就這麼，每晚就著搖曳的桐油燈光，一遍又一遍，有時低迴，有時高亢，我習誦著這些古文，忘情地讚歎駢文的工整典麗，散文的開闔自如。這樣的反覆吟咏，潛心體會，對於眞正進入古人的感情，去呼吸歷史，涵泳文化，最爲深刻、委婉。日後我在詩文之中展現的古典風格，正以桐油燈下的夜讀爲其源頭。爲此，我永遠感激父母當日的啓發。

不過那時爲我啓蒙的，還應該一提二舅父孫有孚先生。那時我們是在悅來場的鄉下，住在一座朱氏宗祠裏，山下是南去的嘉陵江，濤聲日夜不斷，入夜尤其撼耳。二舅父家就在附近的另一個山頭，和朱家祠堂隔谷相望。父親經常在重慶城裏辦公，只有母親帶我住在鄉下，教授古文這件事就由二舅父來接手。他比父親要閒，舊學造詣也似較高，而且更加喜歡美文，正合我的抒情傾向。

他爲我講了前後〈赤壁賦〉和〈秋聲賦〉，一面捧著水煙筒，不時滋滋地抽吸，一面爲我娓娓釋義，哦哦誦讀。他的鄉音同於母親，近於吳儂軟語，纖秀之中透出儒雅。他家中藏書不少，最吸引我的是一部插圖動人的線裝《聊齋誌異》。二舅父和父親那一代，認爲這種書輕佻側豔，只宜偶爾消遣，當然不會鼓勵子弟去讀。好在二舅父也不怎麼反對，課餘任我取閱，縱容我神遊於人鬼之間。

後來父親又找來《古文筆法百篇》和《幼學瓊林》、《東萊博議》之類，抽教了一些。長夏的午後，吃罷綠豆湯，父親便躺在竹睡椅上，一卷接一卷地細覽他的《綱鑑易知錄》，一面歎息盛衰之理，我則暢讀舊小說，尤其耽看《三國演義》。《西遊記》、《水滸傳》，甚至《封神榜》、《東周列國誌》、《七俠五義》、《包公案》、《平山冷燕》等等也在閒觀之列，但看得最入神也最仔細的，是《三國演義》，連草船借箭那一段的〈大霧迷江賦〉也讀了好幾遍。至於《儒林外史》和《紅樓夢》，則要到進了大學才認眞閱讀。當時初看《紅樓夢》，只覺其婆婆媽媽，很不耐煩，竟半途而廢。早在高中時代，我的英文已經頗有進境，可以自修《莎氏樂府本事》（*Tales from Shakespeare: by Charles Lamb*），甚至試譯拜倫《海羅德公子遊記》（*Childe Harold's Pilgrimage*）的片段。只怪我野心太大，頭緒太多，所以讀中國作品也未能全力以赴。

我一直認爲，不讀舊小說難謂中國的讀書人。「高眉」（high-brow）的古典文學固然是在詩文與史哲，但「低眉」（low-brow）的舊小說與民謠、地方戲之類，卻爲市井與江湖的文化所寄，上至騷人墨客，下至走卒販夫，廣爲雅俗共賞。身爲中國人而不識關公、包公、武松、薛仁貴、孫悟空、林黛玉，是不可思議的。如果說莊、騷、李、杜、韓、柳、歐、蘇是古典之葩，則西遊、水滸、三國、紅樓正是民俗之根，有如圓規，缺其一腳必難成其圓。

讀中國的舊小說，至少有兩大好處。一是可以認識舊社會的民情風土、市井江湖，爲儒道釋俗化的三教文化作一注腳；另一則是在文言與白話之間搭一橋樑，俾在兩岸自由來往。當代學者慨歎學子中文程度日低，開出來的藥方常是「多讀古書」。其實目前學生中文之病已近膏肓，勉強呑嚥幾丸孟子或史記，實在是杯水車薪，無濟於事，根柢太弱，虛不受補。倒是舊小說融貫文白，不但語言生動，句法自然，而且平仄妥貼，詞彙豐富；用白話寫的，有口語的流暢，無西化之夾生，可謂舊社會白語文的「原湯正味」，而用文話寫的，如《三國演義》、《聊齋誌異》與唐人傳奇之類，亦屬淺近文言，便於白話過渡。加以故事引人入勝，這些小說最能使青年讀者潛化於無形，耽讀之餘，不知不覺就把中文摸熟弄通，雖不足從事甚麼聲韻訓詁，至少可以做到文從字順，達意通情。

我那一代的中學生，非但沒有電視，也難得看到電影，甚至廣播也不普及。聲色之娛，恐怕只有靠話劇了，所以那是話劇的黃金時代。一位窮鄉僻壤的少年要享受故事，最方便的方式就是讀舊小說。加以考試壓力不大，都市娛樂的誘惑不多而且太遠，而長夏午寐之餘，隆冬雪窗之內，常與諸葛亮、秦叔寶爲伍，其樂何輸今日的磁碟、錄影帶、卡拉ＯＫ？而更幸運的，是在「且聽下回分解」之餘，我們那一代的小「看官」們竟把中文讀通了。

同學之間互勉的風氣也很重要。巴蜀文風頗盛，民間素來重視舊學，可謂弦歌不輟。我的四川同學家裏常見線裝藏書，有的可能還是珍本，不免拿來校中炫耀，乃得奇書共賞。當時中學生之間，流行的課外讀物分爲三類：即古典文學，尤其是舊小說；新文學，尤其是三十年代白話小說；翻譯文學，尤其是帝俄與蘇聯的小說。三類之中，我對後面兩類並不太熱中，一來因爲我勤讀英文，進步很快，準備日後直接欣賞原文，至少可讀英譯本，二來我對當時西化而生硬的新文學文體，多無好感，對一般新詩，尤其是普羅八股，實在看不上眼。同班的吳顯恕是蜀人，家多古典藏書，常攜來與我共賞，每遇奇文妙句。輒同聲嘖嘖。有一次我們迷上了《西廂記》，愛不釋手，甚至會趁下課的十分鐘展卷共讀，碰上空堂，更並坐在校園的石階上，膝頭攤開張生的苦戀，你一節，我一段，吟咏甚麼「顚不剌的見了萬千，似這般可喜娘的龐兒罕曾見。」後來發現了蘇曼殊的《斷鴻零雁記》，也激賞了一陣，並傳觀彼此抄下的佳句。

至於詩詞，則除了課本裏的少量作品以外，老師和長輩並未著意爲我啓蒙，倒是性之相近，習以爲常，可謂無師自通。當然起初不是眞通，只是感性上覺得美，覺得親切而已。遇到典故多而背景曲折的作品，就感到隔了一層，紛繁的附注也不暇細讀。不過熱愛卻是眞的，從初中起就喜歡唐詩，到了高中更兼好五代與宋之詞，歷大學時代而不衰。

最奇怪的，是我吟咏古詩的方式，雖得閩腔吳調的口授啓蒙，兼採二舅父哦歎之音，日後竟然發展成唯我獨有的曼吟迴唱，一波三折，餘韻不絕，跟長輩比較單調的誦法全然相異。五十年來，每逢獨處寂寞，例如異國的風朝雪夜，或是高速長途獨自駕車，便縱情朗吟「棄我去者昨日之日不可留，亂我心者今日之日多煩憂！」或是「長洪斗落生跳波，輕舟南下如投梭，水師絕叫鳧雁起，亂石一線爭磋磨！」頓覺太白、東坡就在肘邊，一股豪氣上通唐宋。若是吟起更高古的「老驥伏櫪，志在千里。烈士暮年，壯心不已」，意興就更加蒼涼了。

《晉書》王敦傳說王敦酒後，輒詠曹操這四句古詩，一邊用玉如意敲打唾壺作節拍，壺邊盡缺。清朝的名詩人龔自珍有這麼一首七絕：「回腸蕩氣感精靈，座客蒼涼酒半醒。自別吳郎高咏減，珊瑚擊碎有誰聽？」說的正是這種酒酣耳熱，縱情朗吟，而四座共鳴的豪興。這也正是中國古典詩感性的生命所在。只用今日的國語來讀古詩或者默唸，只恐永遠難以和李杜呼吸相通，太可惜了。

前年十月，我在英國六個城市巡迴誦詩。每次在朗誦自己作品六、七首的英譯之後，我一定選一、兩首中國古詩，先讀其英譯，然後朗吟原文。吟聲一斷，掌聲立起，反應之熱烈，從無例外。足見詩之朗誦具有超乎意義的感染性，不幸這種感性教育今已蕩然無存，與書法同一式微。

去年十二月，我在「第二屆中國文學翻譯國際研討會」上，對各國的漢學家報告我中譯王爾德喜劇《溫夫人的扇子》的經驗，說王爾德的文字好炫才氣，每令譯者「望洋興歎」而難以下筆，但是有些地方碰巧，我的譯文也會勝過他的原文。眾多學者吃了一驚，一起抬頭等待下文。我說：「有些地方，例如對仗，英文根本比不上中文。在這種地方，原文不如譯文，不是王爾德不如我，而是他撈過了界，竟以英文的弱點來碰中文的強勢。」

我以身爲中國人自豪，更以能使用中文爲幸。

——八十二年一月

何曾千里共嬋娟

中秋前夕，善寫月色的小說家張愛玲被人發現死於洛杉磯的寓所，爲狀安祥，享年七十五歲。消息傳來，震驚臺港文壇，哀悼的文章不斷見於報刊，盛況令人想起高陽之歿。張愛玲的小說世界哀豔蒼涼，她自己則以遲暮之年客死他鄉，不但身邊沒有一個親友，甚至歿後數日才經人發現，也夠蒼涼的了。這一切，我覺得引人哀思則有之，卻不必遺憾。因爲張愛玲的傑作早在年輕時就已完成，就連後來的《秧歌》，也出版於三十四歲，她在有生之年已經將自己的上海經驗從容寫出。時間，對她的後半生並不那麼重要，而她的美國經驗，正如對不少旅美的華人作家一樣，對她也沒有多大意義。反之，沈從文不到五十歲就因爲政治壓力而封筆，徐志摩、梁遇春、陸蠡更因爲夭亡而未竟全功，才眞是令人遺憾。

張愛玲活躍於抗戰末期淪爲孤島的上海，既不相信左翼作家的「進步」思想，也不熱中現代文學的「前衛」技巧，卻能兼採中國舊小說的家庭倫理、市井風味，和西方小說的道德關懷、心理探討，用富於感性的精確語言娓娓道來，將小說的藝術提高到純熟而微妙的境地。但是在當時的文壇上，她既不進步，也不前衛，只被當成「不入流」的言情小說作家，亦即所謂「鴛鴦蝴蝶派」。另一方面，錢鍾書也是既不進步、也不前衛，卻兼採中西諷刺文學之長，以散文家之筆寫新儒林的百態，嬉笑怒罵皆成妙文。當代文壇各家在《人，獸，鬼》與《圍城》裏，幾被一網打盡，所以文壇的「主流派」當然也容不得他。此二人上不了文學史，尤其是中共的文學史，乃理所當然。

直到夏志清寫《中國現代小說史》，才為二人各闢一章，把他們和魯迅、茅盾等量齊觀，視為小說藝術之重鎮。今日張愛玲之遍受推崇，已經似乎理所當然，但其地位之超凡入聖，其「經典化」（canonization）之歷程卻從夏志清開始。《中國現代小說史》出版於一九六一年，但早在一九四八年，我還在金陵大學讀書，就已看過《圍城》，十分傾倒，視為奇書妙文。倒是張愛玲的小說我只有道聽塗說，印象卻是言情之作，直到讀了夏志清的鉅著，方才正視這件事情。早在三十多年前，夏志清就毫不含糊地告訴這世界：「張愛玲該是今日中國最優秀最重要的作家。僅以短篇小說而論，她的成就堪與英美現代女文豪如曼殊菲兒、泡特、韋爾蒂、麥克勒斯之流相比，有些地方，她恐怕還要高明一籌……《金鎖記》長達五十頁；據我看來，這是中國從古以來最偉大的中篇小說。」

一位傑出的評論家不但要有學問，還要有見解，才能慧眼獨具，識天才於未顯。更可貴的是在識才之餘，還有膽識把他的發現昭告天下：這就是道德的勇氣、藝術的良心了。所以傑出的評論家不但是智者，還應是勇者。今日而來推崇張愛玲，似乎理所當然，但是三十多年前在左傾成風的美國評論界，要斬釘截鐵，肯定張愛玲、錢鍾書、沈從文等的成就，到與魯迅相提並論的地步，卻需要智勇兼備的眞正學者。一部文學史是由這樣的學者寫出來的。英國小說家班乃特（Arnold Bennett）在〈經典如何產生〉一文中就指出，一部作品所以能成爲經典，全是因爲最初有三兩智勇之士發現了一部傑作，不但看得準確，而且說得堅決，一口咬定就是此書；世俗之人將信將疑，無可無不可，卻因意志薄弱，自信動搖，禁不起時光再從旁助陣，終於也就人云亦云，漸成「共識」了。在夏志清之前，上海文壇也有三五慧眼識張於流俗之間，但是沒有人像夏志清那樣在正式的學術論著之中把她「經典化」。夏志清不但寫了一部《中國現代小說史》，也隻手改寫了中國的新文學史。

傑出的小說家必須有散文高手的功力，捨此，則人物刻劃、心理探索、場景描寫、對話經營等等都無所附麗。張愛玲的文字，無論是在小說或散文裏，都不同凡響，但是她無意追求「前衛」，不像某些現代小說名家那樣在文字的經營上刻意求工、銳意求奇。她的文字往往用得恰如其分，並不鋪張逞能，這正是她聰明之處。夏志清以她的散文〈談音樂〉爲例，印證她捕捉感性的功夫。「火腿鹹肉花生油擱得日子久，變了味，有一種『油哈』氣，那個我也喜歡，使油更油得厲害，爛熟，豐盈，如同古時候的『米爛陳倉』。」如此眞切的感性，在張愛玲筆下娓娓道來，渾成而又自然，才是眞正大家的國色天香。

張愛玲不但是散文家，也兼擅編劇與翻譯。她常把自己的小說譯成英文或中文，也譯過《老人與海》、《鹿苑長春》、《浪子與善女人》、《海上花列傳》，甚至陳紀瀅的《荻村傳》，也譯過一點詩。林以亮（宋淇筆名）爲今日世界出版社編選的《美國詩選》出版於一九六一年，由梁實秋、張愛玲、邢光祖、林以亮、夏菁和我六人合譯，我譯得最多，幾近此書之半，張愛玲譯得很少，只有愛默森五首，梭羅三首。宋淇是她的好友，又欣賞她的譯筆，所以邀她合譯，以壯陣容。

宋淇和張愛玲都熟悉上海生活，習說滬語，在上海時已經認識。五〇年代初，他們在香港美新處同過事，後來宋淇在電懋影業公司工作，張愛玲又爲電懋編寫劇本《南北一家親》及《人財兩得》。經過多年的交往，宋淇及其夫人鄺文美已成張愛玲的知己；由於張愛玲晚年鮮與外界往來，許多出版界的人士要與她聯絡，往往經過宋淇，皇冠出版她的作品，即由宋淇安排開始。張愛玲與宋淇的深交由此可見，所以她在遺囑中交代，所有遺物與作品委託宋淇全權處理。宋淇知她既深，才學又高，更難得的是處事井然有條，當然是託對了人。如果是在十年前，宋淇處理她的遺囑，必然勝任愉快，有宋夫人相助，更不成問題。但是張愛玲似乎忘了，宋淇比她還長一歲，也垂垂老矣，近年病情轉重，甚至一步也離不了氧氣罩。最近逢年過節。我打電話去香港問候宋淇，都由宋夫人代接代答了，令我不勝悵惘，深爲故人擔憂。其實宋夫人自己也有病在身，幾年前甚至克服了癌症。兩位老人如今眞是相依爲命，遺囑之託，除了徒增他們的傷感之外，實在無法完成。這件事當然是一付重擔，不如由宋淇授權給皇冠的平鑫濤去處理，或是就近由白先勇主持一個委員會來商討。

——八十四年九月

西畫東來驚豔記

羅浮宮博物館的名畫七十一幅在臺北故宮博物院盛大展出，不但是中法文化交流的壯舉，更是臺灣藝壇空前的大事。據說明年秋天，法國奧賽美術館的印象派名畫也會在臺北歷史博物館展覽。臺灣的西洋藝術觀衆，眞可大飽眼福了。

這一次展出的羅浮名畫，其所涵蓋的時代，始於十六世紀而止於十九世紀中葉，所以國人比較熟悉的印象派作品不在其列，更無論後印象派。另一限制，是巨幅的名畫裝運不便，所以史詩一般的鉅製，例如德拉庫瓦的「沙當那帕勒斯之死」（面積約爲「聖喬治屠龍」之八十倍），當然就無法東來了。此外，羅浮宮眞正的大名畫，例如鎭館之寶的「蒙娜麗莎」，也留在深宮未來。儘管如此，得在故宮露面的七十一幅裏，也甚多赫赫名作，戛戛傑作，儘夠臺灣的西洋畫迷大驚其艷的了。

十一月十日，臺大文學院爲慶祝校慶，邀我這老校友回母校演講。次日乘便去外雙溪驚黯一番。但見排隊進場的人龍以極慢板蠕蠕而爬，其中以學生居多。好不容易進得場去，戶內的擁擠更甚於戶外，不但摩肩接踵、引頸歪頭，爭窺人牆疏處偶然可見的一角畫面，而且得隨著人潮向前洶湧，時而推人有如後浪，時而被推又若前波，簡直無處可以立腳。我拉著我存，卻憑了堅強的意志，在自己鍾情的好幾幅畫前力排眾流，打樁一般立成了一對砥柱。就這麼，我們總算在兵荒馬亂之中，欣賞了一個半小時的羅浮宮藏畫。

無論年輕時在國內端詳複製品，或是老來在歐美觀賞原作，我看西洋的繪畫大半輩子，始終不太喜歡布榭（François Boucher）和佛拉哥納（Jean Honoré Fragonard）一類或巴洛克或洛可可的俗媚風格，總嫌他們的色彩太浮華，筆觸太輕巧，畫面太乾淨，帶脂粉氣。這次在故宮看到布榭的「田園鄉居多嫵媚」，更坐實了我的觀點。反之，柯賀（Camille Corot）的「摩特楓丹的回憶」就眞正攫住了田園生活的神髓，不但人物的姿勢與樹的姿勢在節奏上呼應，而且樹影蓊鬱，水光微明，淺嫩的天色透過葉隙，岸邊的野草花上似有若無地綴著點點反光，在在暗示田園的歲月有多悠然。還有什麼比那株巨樹的枝柯形成更生動更矯健的節奏呢？慢板的大提琴或法國號，也不過如此了。整個畫面的深沈寧靜，足當「回憶」的主題而無愧。柯賀的這幅傑作可謂風景畫中的尤物，令我不但一見鍾情，而且愛慕至今。另一方面，柯賀的人像也不含糊，第六十號那幅「克蕾爾・申尼貢」，畫中人物是他最小的侄女，豆蔻年華，情竇欲開，柔媚之中另具端莊的教養，其線條比馬內的人像圓熟，而色彩也比雷努瓦的人像溫婉。這幅傑作，但願擁擠的觀衆不要錯過。

古典畫風之整潔明媚，可以安格爾（Jean Auguste Dominique-Ingres）的「羅傑解救安琪利卡」爲其代表。畫繪武士羅傑騎著半鷹半馬的異獸，爲救安琪利卡，正挺其長戈在鬥一頭海妖。蒙難的王后雙腕被銬，囚於石壁，正當前景之中央，赤裸的肉體正如安格爾筆下所有的女人，豐腴肥膩，有肌無骨，並不怎麼動人。至於鷹馬背上的武士，則面目姣好，俊秀有餘而威猛不足，挺戈下搠之勢也不怎麼努力。畫面的前景，從盔甲到長戈，從女身到妖頭，無不明確精細，結果是靜態可觀而動感不足，毫無惡戰方酣的危急氣氛。

反之，掛在此畫旁邊的「聖喬治屠龍」，浪漫派大師德拉庫瓦（Eugéne Delacroix）之作，面積只有安格爾巨構的廿五分之一，但氣魄卻磅礴逼人，勝遠安氏之作。「聖喬治屠龍」的主題同爲英雄救美女而大戰妖獸；美女被囚，英雄躍馬揮戈，惡龍則蟠蜿在地，一切都很相似。可是德拉庫瓦的武士全神投入戰鬥，熱烈許多，矛搠的姿勢也較著力。最出色的，是武士俯身，惡龍昂首，駿馬回頭，美女觀戰，四對眼神所注，都聚焦在下搠將及的矛尖，也正是高潮所在，劇力所指。至於畫面，則強調節奏多於經營細節，所以動感十足，眞有戰雲密佈之勢。其實安格爾此畫頗師拉菲爾筆意，因爲拉菲爾也畫過一幅「聖喬治屠龍」，不但細節明確逼眞，背景也風光亮麗，像是郊遊踏青的佳節良辰，當然戰塵不起。安格爾學拉菲爾，無可置疑，但我認爲就此題而論，師徒都不高明。德拉庫瓦的「聖喬治屠龍」有兩幅，另一幅較大，也較精采，卻不在巴黎，而掛在法國東部的格勒諾伯美術館。其實兩幅都可惜太小，否則聲勢當更懾人。

故宮展出的七十一幅裏，我喜歡的還有透納（J. M. W. Turner）那幅近於抽象的「遠眺小河與海灣」，以及日希柯（Théodore Géricault）、包寧頓（Richard Bonington），兩位夭亡天才的四幅作品，在此不及詳述。《中央日報》從今天起在高雄同步出報，眞是南部文化界的佳音。但願西方藝術的展覽或演出，也能於臺北之外澤及南部，希望《中央日報》能大力鼓吹。

——八十四年十一月

回顧瑯嬛山已遠

——聯合歲月追憶

1

告別吐露港上那一座黌宮山城，迄今忽忽十又一載，幾乎每年都回去兩三次，有時還不止。每次舊地重遊，都覺得故人漸少，新人日多，滄桑感咄咄逼來。那一片山懷水抱之間，我曾經度過此生最安定、也可以說最愉快的歲月，也因此，在寫作上最爲豐收，在交遊上最值得紀念。這樣的因緣雖然親切，我卻不能稱中大爲母校，至於故校、舊校、前校，也覺勉強。可是倒過來，因爲學生稱我爲老師，這老師的舊情卻是不變的，何況老師名副其實，眞的已老了。

十一年來，回沙田那麼多次，最溫馨的一次該是應「故院」之邀，於一九九三年三月回到聯合書院，擔任「到訪傑出學人講座」，先後的三次演講是「杖底煙霞——中國山水遊記的藝術」、「舉杯向天笑——中國詩與大自然」、「藝術的美與醜」。接待我的李卓予院長及翁松燃、吳倫霓霞等教授，原為往日聯合同事，重聚一堂，自然倍加親切。那半月間，我「回家作客」，既感安慰，又覺情怯，心境矛盾而多起伏。舊同事中，像蘇文擢、關寧安、劉清、陳之藩、王爾敏等，都離開了；至於以前教過的學生，當然也都散去。不料在「杖底煙霞」的聽眾裏，竟然發現了一九七六年畢業的中文系學生何焯明與李雪梅：他倆已入中年，但往日笑貌依然。師生重聚，學生是十七年後再來「聽課」，老師卻不勝驚喜。

2

但那已是三年前了，現在，聯合書院正要慶祝四十周年。吳倫霓霞教授在長途電話的那一端，囑我為此盛事寫一點感言。

我的「聯合緣」始於一九七三年初：當初我應香港詩風社之請去演講，宋淇告訴我說，聯合書院有意邀我去沙田一談。我去了，見到教務長劉祖儒。後來進一步的接洽，由副教務長陳耀墉接手。第二年八月，我便帶了太太和四個女兒去沙田教書了。其實我第一眼親睹馬料水，更早在一九六九年春天。當時我去港參加中文大學校外進修部主辦的翻譯研討會，劉紹銘乘便請我去崇基演講。從崇基的老火車站仰望馬料水山頭，黃塵滾滾，只見幾架咆哮的推土機正來回挖土開山。當時我絕未料到，有一天黃塵落定，我會在那座山頭定居十年，聽火車來往，看紫荊開落。

一九七四年八月，我去中文大學中文系擔任教授，歸屬聯合書院。其時書院才從高街遷沙田兩年，新校舍樓新樹少，但因高踞山頭，遊目無礙，可以東仰馬鞍之雙雄，北眺八仙之連袂，西窺大埔道一線蜿蜿，分青割翠，像一條腰帶繞鹿山而行，而吐露港一泓水光，千頃湛碧，渺漫其間，令高肅的山貌都爲之動容。這麼一看，竟出了十年的神，至今還眷眷吐露港上，沒回過神來。

我在馬料水的第一間辦公室，在曾肇添樓的四樓，俯臨著書院的大片草坪，斜裏卻爲水塔巍然的灰影所睥睨。至於上課，最早也是安排在曾肇添底樓，窗外就是水光山色，有時起霧，虛白卷卷甚至會漫進窗來。課後沿著曲折的坡道，一路下山，走回北陂的第六苑宿舍，簡直出入王維的五絕。那時九廣火車尙未電氣化，也不過一陣鏗鏗，一聲汽笛，立刻山又是山水又是水了。益信科學是忙出來的，而文學是閒出來的。

到校的第二天，聯合中文系的同仁在九龍設宴歡迎。夫妻兩人如約而去，卻發現一桌同仁聚精會神，雀戰正酣，令我們的飢腸大爲驚訝。這是我們「入境訝俗」的啓蒙。開學以後，周日上午的「茶休」，同事鴛鴦雀噪，又有茶點可享，簡直「口水多過茶」，是最熱鬧的時光，也爲臺灣所無。另一類接觸安靜而嚴肅，成爲對照，便是開會了。無論是吵是靜，總有好心的同事問我：「聽得懂粵語嗎？」至於我如何回答，問者並不理會。其實我聽得懂七成，只是說得少而已。家父早年是馬來華僑，同鄉都是閩人，朋友多是粵人，所以從小對那九音起伏我並不生疏。但耳入遠勝口出，要說，就張口結舌了。儘管如此，我這點皮毛粵語一開始就強於王德昭、陳之藩、王爾敏，很快也就超過劉國松了。

3

其實我當年貿貿然自臺赴港，正如劉紹銘警告過我的，不無「冒險」。說國語的外江佬投入粵語的世界，是一險。「右派文人」落在「左傾地區」，是二險。外文系教授濫竽中文系教席，是三險。結果幸皆有驚無險，令紹銘的幸災樂禍落了個空。

在中大教課，國語、粵語、英語都可使用，不過中文系哪用英語，我當然用國語。有時候我會停下來，問廣東少年懂不懂我說些甚麼，大半都表示「沒有問題」。其實有些「外江佬師」的所謂國語不脫鄉音，例如錢穆演講就需要粵譯，而朱光潛在港的幾次演講也直如孫臏行軍，灶隨日減。所以國語只要夠清楚，講課應無問題。後來在香港朗誦節，我還擔任了好幾年的國語組評審，而接受電臺訪問，問者用粵語，我則答以國語，也行。至於我中譯的王爾德喜劇《不可兒戲》，香港話劇團在大會堂演出時，粵語和國語分場使用，粵語場場客滿，國語也有八九成觀眾；粵語場用我的譯文，也沒多少地方需要改口。

意識形態的對立，當然造成壓力。我去港任教，正是文革最後兩年，就在大陸的後門口，極左的氣燄炙手可熱，甚至令人呼吸困難。不過心理的壓力可以轉化成藝術的動力，而以詩爲出口，對寫作倒是有利的。心如鐵砧，逆境如鐵鎚，於是有火花四迸，其器乃成。幸好八〇年代開始，大陸逐漸開放：先是柯靈、辛笛等出來中大開會，繼有巴金、朱光潛等來訪，終於我的作品首刊於四川的《星星》詩刊，先我十年回去了大陸。

外文系的教授來中文系教書，不是兼課，而是專任，而且一任便是十年，這樣的例子應該絕少。我在中大教得最久的兩課，是「翻譯」和「現代文學」。不少中文人，包括中文系的某些同事，誤認爲現代文學或新文學不過是白話文學，淺淡無奇，人人都懂，有何難教。其實新文學作品或脫胎於古典，或取法於西方，或有特殊時代背景，如果不能燭隱顯幽，理出來龍去脈，也就止於白話字面，不能深入字裏行間。因爲是在中文系上課，備課時也就格外用心，涉及古典的地方務必查明。外文系老師可以念錯中文，中文系的老師卻絕不可以。至於批改學生的報告，就更加認眞。字有錯別，詞有不當，句有欠妥，論有不周，我或加改正，或標問號，或眉批數語，至於文末，更有綜評，少則三兩句，多且逾百言，甚或整頁。有一年選修「現代文學」者一百廿七人，我爲學生批改報告，足足耗了三個半星期。

開始兩年，除了楊鍾基幫忙導修了一學期，我可說是孤軍奮戰。早期學生的報告，大半都依褊狹的意識形態立論遣詞。兩年後，崇基的中文系來了梁佳蘿，新亞的中文系添了黃維樑，合三人之力，才逐漸歸徧狹於中正，返政治於文學，推翻了「三個和尙沒水喝」的濫調。

既入中文系，當求「近儒者雅」。系中不無達士通儒，治學爲文，皆有足式，雖不能至，而令人心嚮往之。十年嚮往之餘，對我這外文人自多啓發。加以大陸開放後，內地論古典文學的著作在港購買，也很方便。我在聯合的末四年，能寫出〈論山水遊記〉、〈西化中文〉、〈龔自珍與雪萊〉等較爲踏實的文章，無論就自然或人文的環境而言，都不能不感謝吐露港上這一片清穆的弦歌。

另一方面，就聯合書院的範圍，我曾參加的工作値得一提的，是在通識教育項下教過幾年「文學與近代人生」，主講過「象牙塔講座」，並且主編過四年《聯合校刊》。當年文怡閣裝潢一新，啓用之前薛壽生院長主持會議，討論到新閣應如何命名。衆議難定，我說何不稱爲「怡文閣」，頗獲支持，卻有人指出：「外江佬有所不知，怡文閣粵音太近移民局了。」衆人一陣哄笑，終於倒過來，定名爲「文怡閣」。

4

馬料水三百三十英畝的壯麗校園，若要選一個制高點來鷹瞰全貌，則在不能兼顧北坡部分又不許攀登水塔的條件下，最方便的一處，該是聯合書院校車站前，陡坡頂端，俯臨中層與底麓的那一座懸崖了。憑欄俯眺，「老中大」悉匍腳底。遠客來訪，我最愛載他們來此縱觀，爲他們指點校園的勝景，聽他們讚歎嘖嘖。獨自憑眺，則思前想後，感慨更多。今年四月初，來中大參加「翻譯學術會議」，只見高樓更多，樹木更茂，舊友更少，而學生們上下往來於三層校園，比我當日所習見的，卻要高挺一些，也漂亮一些，雖然面對九七，卻顯得開朗而有自信。我從聯合的看臺上望著他們匆匆來去，想起他們的學兄學姐，當年我教過的一班又一班，久遠的回憶紛沓，像錄影帶一般不斷倒帶，再三停格。棄我去者，昨日之日不可留，亂我心者，明日之日多杞憂。想起黃綺瑩，我教過的聯合第一班高足，想起第二年的陳少元，第三年的陳寶珍，陳達生與他妹妹，還有簡婉君如何坐在我桌邊聽我評析她《杜甫傳》的譯文……還有崇基的古德明、黃秀蓮，新亞的王良和，研究所的麥炳坤……一班又一班，一代接一代，弦歌不輟，而夫子已老。只希望他們的學弟學妹，眼前繼承了這美麗校園的青青子衿，盈盈少女，能在將臨的歲月，安泰如這四周的山色，自由如吐露港上的波光，並從他們健美的手上，把博文約禮、明德新民，一代接一代，傳向未來。

——八十五年五月

仲夏夜之噩夢

1

去年八月在溫哥華，高緯的仲夏寒夜裏，先後接到兩通長途電話，一通來自紐約，報告我孫女降世的佳音，一通來自臺北，報告我朱立民先生謝世的噩耗。

中國的律詩有所謂「流水對」，但那兩通電話激起的矛盾心情卻構成了「生死對」。只是新嬰帶來的喜悅，雖然強烈，卻不具體，因爲她有多麼可愛，我還沒有見到。而老友引起的悲哀，卻帶著宛在的音容。吳爾芙夫人弔康拉德的文章就說：「死亡慣於激發並調準我們的回憶。」（It is the habit of death to quicken and focus our memories.）①

在怎樣的場合第一次見到朱立民的，這史前史已經不可考了。只記得經常跟他見面，是從六〇年代初期在師大英語中心同事開始。那時我還在師大任講師，他在臺大外文系已任副教授，卻來師大兼課，教美國文學。下課的時候他常來我們的辦公室休息、喝茶。「我們」是指我、張在賢、傅一勤、陸孝棟等六位專任教師；六張桌子之外，室內已少餘地。立民來時，只能坐在茶几旁的一張藤椅上，面對著我的左側；和我談天，雖然一正一斜，卻近在咫尺。

那時當然沒有空調，所以冬冷夏熱，一切聽天由命。可是立民高䠷英挺的身材，總配上合身的光鮮衣著，加以英語道地，談吐從容，一口男中低音略帶喉腔的沙啞磁性，卻似乎不太受天氣的影響。我自己穿衣服遠不如寫文章講究，對別人的衣飾更不留心，所以日後鍾玲總怪我無視於她的新裝，眞是罪過。不過立民當年那一身出衆而不隨俗的穿著，益發彰顯了文質彬彬，眞有玉樹臨風之概，則是我早就注意到的。

即使早在當年，立民的「美國經驗」也已遠深於我。不但他自己早在幾個美國機構任職，連朱夫人也一直在美新處工作。可是立民的風度儒雅而穩健，談吐深沉而悠緩，舉止又不失端莊，所以給我的印象非但沒有「洋雞」（Yankee）沾沾自喜的滑利甚至膚淺，反倒近於英國的紳士作風。也就難怪，何以立民以研究美國文學開始，興趣逐漸移向英國文學，而以研究莎士比亞爲歸。

也許正因爲如此，我猜想，立民喜歡的女性節目主持人並非牙尖舌利、熟極而流的一類，而是口齒清楚、節奏適度的一型。有一次跟他談到這問題，他說他喜歡熊旅揚，少待，又意味深長地笑道：She is my type of woman。這句話，回家後我向太太複述，後來又告訴一些朋友，引爲趣談。不料隔了幾年，我向他重提此事，他淡淡莞爾，竟似忘了，倒令我有點掃興。

立民長我八歲，這差距不上不下，加以兩人並未熟到無話不講，包括黃色笑話，所以彼此一直以「先生」相稱。換了比我年輕有限的顏元叔、林耀福一輩，每次與我見面，就會另闢一隅，不但交換機密要聞，而且語多不莊。初識立民，他剛四十上下，風度翩翩，儀表動人，套用王爾德《理想丈夫》裏的一句話，簡直是「臺北外文界第一位穿得體面的窮學者」。②可以想見，女學生們對他仰慕的不會很少。果然有一次，系裏的女助教興奮地告訴我：朱老師昨天帶她去哈爾濱！原來那是一家咖啡館，立民常去光顧。這件事天眞得可以，但在當年卻似乎接近浪漫的邊緣了，倒令「我們辦公室」的假洋老夫子們心動了一陣。

後來我才發現，哈爾濱乃是立民誕生的城市，怪不得他愛去那家咖啡館。他原籍江蘇，小學時代在哈爾濱和北平度過，但中學六年卻在蘇州，抗戰勝利後更在京滬一帶做過事。所以他的大陸背景兼有塞北江南，復以體態而言，可謂南人北相，而聽口音，北方官話裏卻又洩漏了一點吳儂風味，加上會說英語，又善穿衣，有時又令我幻覺他是上海才子。

2

壯年的朱立民確是如此，但那已是三十年前的回憶了。三十年來，我們的交往不疏不密，任其自然，稱得上是其淡如水。我在〈書齋・書災〉一文裏，曾有一句說到六〇年初的事：「有一本《美國文學的傳統》（*The American Tradition in Literature*）下卷，原是朱立民先生處借來，後來他料我毫無還意，絕望了，索性聲明是送給我，而且附贈了上卷。」這兩卷一套諾頓版的鉅著，迄今仍高據我西子灣臨海書房的架頂，悠久的記憶因贈書人永別而添上哀思。這部選集爲立民所贈，可謂意義非凡，正因立民的學者生命始於美國文學研究，而日後他主持外文系所，在這方面更有倡導促進之功。他一生出版專書四冊，最早的一冊便是一九六二年聯合書局精印的《美國文學，一六〇七—一八六〇》。書出後他送了我一本，我就在《文星》月刊上發表了一篇書評，題爲〈評兩本文學史〉，另一本是黎烈文老師的《法國文學史》。我給朱著《美國文學》頗高的評價，對寫坡的一章尤爲讚賞，立民非常高興。近閱中央研究院近代史研究所新出的《朱立民先生訪問紀錄》一書，發現立民自述此書，說曾經把稿子「請戴潮聲替我看了一遍，潤飾一下」。如此坦白自謙，實在可愛。

後來立民升任臺大外文系教授並兼主任，聘我去兼課。有一次他問我，能否從師大轉去臺大專任。那時系主任完全當家作主，有意聘人，必能辦到。但是我在師大，與同事、同學一向相處愉快，沒有背棄之理，便婉謝了。

立民在臺大外文系廿六年，人緣顯然也很好，尤得學生愛戴。王文興寫作之初，立民頗加鼓勵，對其〈草原的盛夏〉一文尤表賞識，令這位高足十分感激，並向我親口述說。立民在臺大主持外文系與文學院，前後達十一年之久，據我隔校旁觀，道聽塗說，幾乎沒有人說他的不是。立民主政，慎於策劃，勤於實施，作風穩健，如此長才在學者之中殊不易得，至少我自歎遠遠不及。自從朱公走後，好像是時代變了，風氣改了，這種「文景之治」也就難再。

3

一九七四年我離臺赴港，去中文大學中文系任教，一去十年，和立民相見更稀。等到再回臺灣，我又遠在南部，除非無奈，也少去臺北。不過，在我主持中山大學外文所那幾年，亟需北部學者南下支援，正值立民鑽研莎翁日深，發其「俠紳精神」，爲解故人之困，竟不辭南北迢迢，更不計待遇區區，每週專程，來西子灣主持莎劇的研討。這時的朱公無復當日朱郎的倜儻自賞了，深度眼鏡的同心圓圈上加圈，男中低音的沙啞喉腔更低更沉，領帶變得細如鞋帶，但仍似不勝其拘束，偶爾還會突然扭頸撇嘴，作「推畸」（twitch）之狀。至於壯年的烏亮茂髮，也已分披成鈍灰的二毛了。及至晚年，於披髮之外，更任亂髭蔓生於頦間，雖然老而自在，看在我眼裏，卻不勝滄桑；卻忘了，在立民眼裏，我自己又斑鬢蓬鬆，落魄幾許。不過立民老興不淺，儘管心律要靠機器來調整，仍懷著滿腔熱忱，風塵僕僕，到處去開會或宣講莎士比亞。

直到那一個寒冷的八月夜晚，余玉照的聲音越過無情的換日線傳來，告我以仲夏夜之噩夢。

我翻閱單德興、李有成、張力合編的《朱立民先生訪問紀錄》，對著立民年輕時的照片發怔。站在文學院院長室外陽臺上的那一幀，身影修頎，風神俊雅，右手雖然低垂，食指與中指之間卻斜捻著一截香煙，另有一種逍遙不羈的帥氣。爲什麼如此昂藏的英挺，要永遠冷卻而橫陳了呢？幾個月前，他還腳立著這片大地，頭頂著日月星辰。

右手邊第三個抽屜裏，平放著對摺的一方手帕，那是送殯的當天鍾玲從喪禮上爲我帶回來的。每次拉開抽屜，我都會吃了一驚。七十功名塵與土，八千里路雲和月：故人勞碌的一生，難道一摺再摺，就這麼摺進去了麼？

——八十五年端午於西子灣

附註

① Virginia Woolf:"Joseph Conrad", from *The Common Reader*.

② Oscar Wilde: *An Ideal Husband*, Act III: "He is the first well-dressed philosopher in the history of thought".

三都賦

每晚八點，若問我們的首都是在何處，答案既非臺北市，也非北京城，而是開封府。因爲那時的人心都向著「包青天」。

急得我所尊敬的翟宗泉等名流，不惜現身螢光幕，鼓吹「戲說慈禧」的藝術價值，要把我們拉去北京。可是夜復一夜，我仍然留在開封府，不去北京城。

其實，若論藝術價值，我完全同意翟宗泉先生的評價。「戲說慈禧」當然是一齣好戲，不但對話緊湊，表情眞實，而且擺脫了一般連續劇的膚淺誇張與喧賓奪主的浮濫配音。若純論藝術，「戲說慈禧」實在要比「包青天」更爲高明。

問題在於：八點檔的連續劇緊接著七點檔的新聞而來，「戲說慈禧」的觀衆看到北京的政局，是非不分，公私相淆，忠言不納，賢臣見黜，會覺得七點檔的那一套，爲什麼八點檔要再來一次呢？北京的政局也未免太像臺北了一點。明知再看下去是每下愈況，難有起色。

一個人一晚上要連受兩次打擊，也未免太過分了。

於是轉臺。既然臺北與北京都令人失望，不如去開封府擂鼓申冤。何況「包青天」還是一齣動人的好戲。所以一到八點，我們就遷了都。

——八十二年六月

另有離愁

學者作家之流，在今日所謂的學府文壇，已經不可能像古人那樣「目不窺園、足不出戶」了。先是長途電話越洋跨洲，繼而傳眞信函即發即至，鞭長無所不及，令人難逃於天地之間。在截止日期的陰影下，惶惶然、惴惴然，你果然寢食難安，寫起論文來了，一面寫著或是按著，一面期待喜獲知音的快意，其實在虛榮的深處，盡是被人挑剔、甚至慘遭圍剿的隱憂，恐怖之狀常在夢裏停格。

截止日期終於到了，甚至過了。你的論文奇蹟一般，竟然也寄了出去，跟許多不相干的信件一起，在空中飛著。不久你也在空中飛著，跟許多不相干的旅客擠在一起。

機場、巴士、旅館、鑰匙、餐券、請帖，你終於到了。接著你發現自己握著一杯雞尾酒或果汁，遊牧民族一般在歡迎酒會的大廳上「逐水草而——立」。其實，人潮如水，你只是一片浮萍，跟其他的「貴賓」萍水相逢而已。你飄搖在推擠之間，擔心撞潑了人或被人撞潑。一隻手得緊握酒杯，另一隻手得在餐盤與「友誼之手」之間不斷應變。還要掏名片，就需要第三隻手了。人影交錯、時差恍惚之際，你瞥見有一片美麗的萍在遠處浮現，正待撥開亂藻追過去，說時遲、那時快，一隻「友誼之手」無端伸來，把你截下，劫下。於是互道久仰，交換名片，保證聯絡，甚至把身邊湊巧或不湊巧的諸友都逐一隆而重之地介紹遍了。再回頭時，那人早已不在燈火闌珊處。這種盛況，王勃早已有言：「十旬休暇，勝友如雲；千里逢迎，高朋滿座。」在重聚兼新交的歡樂氣氛中，論文的辛苦，長途的折磨，甚至行李下落不明，都似乎變得不太重要，連學界的二三宿敵也顯得有點親切了。

眞正開起會來，不少學者雖然大名鼎鼎，卻是開口不如聞名。學術界常有的現象，是想得妙的未必寫得妙，寫得妙的未必講得妙。古人有「錦心繡口」之說，其實應該三段而論，就是「錦心」未必「采筆」，「采筆」未必「繡口」。所以論文而要宣讀，如果那學者咬字不準，句讀不明，鄉音不改，四聲不分；或者是說得太慢，拖泥帶水，欲吐還吞；或者是說得太急，一口滔滔，衆耳難隨，那錦心不免就大打折扣，而采筆也就減色了。

大型的研討會之類，其實也是一種群衆場合，再深刻的論文，再隆重的宣讀，也不妨多舉實例，偶用比方，或故作驚人之語，或穿插一二笑話，來點「喜劇的發散」。如果一味宣讀下去，則除了沉悶之外，還會有這麼幾個惡果。反應慢的聽衆會把尊論翻來掀去，苦苦追尋你究竟讀到了哪裏。反應快的，早已一目十行超過了你，不久已經讀完，不必再聽你嘵嘵了。剩下的一些只覺心煩意亂，索性把論文推開，在時差或失眠的恍惚之中，尋夢去了。有一位朋友就說過：研討會上，正是補覺的好去處。而且，他補充一句，臺上一人自言自語，正好爲了臺下衆人催眠。這缺德話令人想起王爾德消遣同行皮內羅的某劇，說是教他「從頭睡到尾的最佳劇本」（the best play I,ve ever slept through）。

除此之外，會場上還有兩樣東西令人不安：一樣是催魂的計時鈴，另一樣是摧耳的麥克風。計時鈴是由一位少女的纖指輕輕點按，其聲叮嚀悅耳，但是傳到當事人的耳裏，卻驚天動地，變成時間老人的警鐘，警告他大限到了。這是截止日期的化身，截止的不是悠悠的日期，而是匆匆的分秒，可以稱爲 dead-minute 。叮嚀一響，時間好像猛一抽筋。機警的當事人當機立斷，懸崖勒馬。差一點的知道大勢已去，無心戀戰，沒幾個回合，也就落荒而逃了。碰到痲木的或是霸道的，對一疊連聲的警鈴根本充耳不聞，對時光的催租討債完全無動於衷，簡直要不朽了。這時，主席早已扭頭歪頭，對他眈眈虎視。臺下的衆人更是坐立不安，只差大吼叫他下臺。「世界上有這麼不識相的人！」下一位講者在心裏咒著，也轉頭向獨夫怒目。過了一個世紀，獨夫終於停了。從永恆的煎熬中解脫，大衆已經無力憤怒，只有感激。

麥克風更是全場成敗的關鍵。一架好麥克風，遇弱則弱，遇強則強，其實是無辜的。可惜濟濟多士，竟有一大半不知道如何待它，不是把它冷落在一旁，只顧自言自語，害得所有的耳朵都豎直如警犬，便是過分重用，放在嘴邊，像在舔甜筒，更像在吹警世的號角，害得所有的耳朵迅雷難避。美國人把麥克風前的怯場叫做 mike fright。重用麥克風的講者卻相反，只顧對著它殺伐斷喊，喊得全場的聽眾刺耳摧魂，六神無主。麥克風變成了麥克瘋，摧人欲瘋。好不容易那麥克狂風終於停了，宇宙頓然恢復了安寧。聽眾也才恢復了自己呼吸的節奏。

計時鈴叮叮，麥克風隆隆，不覺研討會已經「圓滿閉幕」。滿座高朋就將風流雲散，離愁頓生。大型國際會議的「離愁」別有所指，不是指沈重的別情，而是指沈重的書。原來行裝初整，論文稿件之外，總不免帶些書來，無非是自己的新著，好與學友文朋交換一番。每次都天真地自我安慰：「等送完了，回程就輕鬆了。」不料熱情的朋友送書更多，加上二三十份論文，不知有多少公斤。眼看著又要提得肩痠手痛，想起家裏書齋的書災，還得把這一批書帶回去，變本加厲，心情只有更沈，哪有什麼「滿載而歸」的喜悅？

這一大堆沉甸甸的巨著，帶回家去是不智，不帶回去是不仁。就這麼丟在旅館裏揚長而去嗎？太絕情了吧？丟人書者，人亦丟之。想想看，你自己送給別人的嘔心之作，忍令流落在異國的垃圾箱底嗎？別提什麼心靈的結晶了，即以形而下觀之，當初造紙犧牲了多少美麗的樹啊。既然提得起，就不該放下。於是滿載而歸。

——八十三年七月

開你的大頭會

世界上最無趣的事情莫過於開會了。大好的日子，一大堆人被迫放下手頭的急事、要事、趣事，濟濟一堂，只爲聽三五個人逞其舌鋒，爭辯一件議而不決、決而不行、行而不通的事情，眞是集體浪費時間的最佳方式。僅僅消磨光陰倒也罷了，更可惜的是平白掃興，糟蹋了美好的心情。會場雖非戰場，卻有肅靜之氣，進得場來，無論是上智或下愚，君子或小人，都會一改常態，人人臉上戴著面具，肚裏懷著鬼胎，對著冗贅的草案、苛細的條文，莫不咬文嚼字，反覆推敲，務求措詞嚴密而周詳，滴水不漏，一勞永逸，把一切可鑽之隙、可趁之機統統堵絕。

開會的心情所以好不了，正因爲會場的氣氛只能夠印證性惡的哲學。濟濟多士埋首研討三小時，只爲了防範冥冥中一個假想敵，免得他日後利用漏洞，佔了大家的，包括你的，便宜。開會，正是民主時代的必要之惡。名義上它標榜尊重他人，其實是在懷疑他人，並且強調服從多數，其實往往受少數左右，至少是攪局。

除非是終於付諸表決，否則爭議之聲總不絕於耳。你要閉目養神，或遊心物外，或思索比較有趣的問題，並不可能。因為萬籟之中人聲最令人分心，如果那人聲竟是在辯論，甚或指摘，那就更令人不安了。在王爾德的名劇《不可兒戲》裏，脾氣古怪的巴夫人就說：「什麼樣的辯論我都不喜歡。辯來辯去，總令我覺得很俗氣，又往往覺得有道理。」

意志薄弱的你，聽誰的說詞都覺得不無道理，尤其是正在侃侃的這位總似乎勝過了上面的一位。於是像一只小甲蟲落入了雄辯的蛛網，你放棄了掙扎，一路聽了下去。若是舌鋒相當，場面火爆而高潮迭起，效果必然提神。可惜討論往往陷於膠著，或失之瑣碎，為了「三分之二以上」或「講師以上」要不要加一個「含」字，或是垃圾的問題要不要另組一個委員會來討論、而新的委員該如何產生才具有「充分的代表性」等等，節外生枝，又可以爭議半小時。

如此反覆斟酌，分髮（hair-splitting）細究，一個草案終於通過，簡直等於在集體修改作文。可惜成就的只是一篇面無表情更無文采的平庸之作，絕無漏洞，也絕無看頭。所以沒有人會欣然去看第二遍。也所以這樣的會開完之後，你若是幽默家，必然笑不出來，若是英雄，必然氣短，若是詩人，必然興盡。

開會的前幾天，一片陰影就已壓上我的心頭，成了生命中不可承受之煩。開會的當天，我赴會的步伐總帶一點從容就義。總之，前後那幾天我絕對激不起詩的靈感。其實我的詩興頗旺，並不是那樣經不起驚嚇。我曾經在監考的講臺上得句；也曾在越洋的七四七經濟客艙裏成詩，周圍的人群擠得更緊密，靠得也更逼近。不過在陌生的人群裏「心遠地自偏」，儘多美感的距離，而排排坐在會議席上，摩肩接肘，咳唾相聞，盡是多年的同事、同人，論關係則錯綜複雜，論語音則閉目可辨，一舉一動都令人分心，怎麼容得你悠然覓句？葉慈說得好：「與他人爭辯，乃有修辭；與自我爭辯，乃有詩。」修辭是客套的對話，而詩，是靈魂的獨白。會場上流行的既然是修辭，當然就容不得詩。

所以我最佩服的，便是那些喜歡開會、擅於開會的人。他們在會場上總是意氣風發，雄辯滔滔，甚至獨攬話題，一再舉手發言，有時更單挑主席纏鬥不休，陷議事於瓶頸，置眾人於不顧，像唱針在溝紋裏不斷反覆，轉不過去。

而我，出於潛意識的抗拒，常會忘記開會的日期，惹來電話鈴一疊連聲催逼，有時去了，卻忘記帶厚重幾近電話簿的議案資料。但是開會的煩惱還不止這些。

其一便是抽菸了。不是我自己抽，而是鄰座的同事在抽，我只是就近受其薰陶，所以準確一點，該說聞煙，甚至嗆煙。一個人對於鄰居，往往既感覺親切又苦於糾纏，十分矛盾。同事也是一種鄰居，也由不得你挑選，偏偏開會時就貼在你隔壁，卻無壁可隔，而有煙共吞。你一面嗆咳，一面痛感「遠親不如近鄰」之謬，應該倒過來說「近鄰不如遠親」。萬一幾個近鄰同時抽吸起來，你就深陷硝煙火網，嗆咳成一個傷兵了。好在近幾年來，社會雖然日益沉淪，交通、治安每下愈況，公共場所禁菸卻大有進步，總算除了開會一害。

另一件事是喝茶。當然是各喝各的，不受鄰居波及。不過會場奉茶，照例不是上品，同時在冷氣房中迅趨溫吞，更談不上什麼品茗，只成灌茶而已。經不起工友一遍遍來壺添，就更淪爲牛飲了。其後果當然是去「造水」，樂得走動一下。這才發現，原來會場外面也很熱鬧，討論的正是場內的事情。

其實場內的枯坐久撐，也不是全然不可排遣的。萬物靜觀，皆成妙趣，觀人若能入妙，更饒奇趣。我終於發現，那位主席對自己的袖子有一種，應該是不自覺的，緊張心結，總覺得那袖口妨礙了他，所以每隔十分鐘左右，會忍不住突兀地把雙臂朝前猛一伸直，使手腕暫解長袖之束。那動作突發突收，敢說同事們都視而不見。我把這獨得之祕傳授給一位近鄰，兩人便興奮地等待，看究竟幾分鐘之後會再發作一次。那近鄰觀出了癮來，精神陡增，以後竟然迫不及待，只等下一次開會快來。

不久我又發現，坐在主席左邊的第三位主管也有個怪招。他一定是對自己的領子有什麼不滿，想必是妨礙了他的自由，所以每隔一陣子，最短時似乎不到十分鐘。總情不自禁要突抽頸筋，迅轉下巴，來一個「推畸」（twitch）或「推死它」（twist），把衣領調整一下。這獨家奇觀我就捨不得再與人分享了，也因爲那近鄰對主席的「推手式」已經興奮莫名，只怕再加上這「推畸」之扭他負擔不了，萬一神經質地爆笑起來，就不堪設想了。

當然，遣煩解悶的祕方，不止這兩樣。例如耳朵跟鼻子人人都有，天天可見，習以為常竟然視而不見了。但在衆人危坐開會之際，你若留神一張臉接一張臉巡視過去，就會見其千奇百怪，愈比愈可觀，正如對著同一個字凝神注視，竟會有不識的幻覺一樣。

會議開到末項的「臨時動議」了。這時最爲危險，只怕有妄人意猶未盡，會無中生有，活部轉敗，竟然敢冒天下之大不韙，提出什麼新案來。

幸好沒有。於是會議到了最好的部分：散會。於是又可以偏安半個月了，直到下一次開會。

——八十六年四月於西子灣

日不落家

1

壹圓的舊港幣上有一隻雄獅，戴冕控球，姿態十分威武。但七月一日以後，香港歸還了中國，那頂金冠就要失色，而那隻圓球也不能號稱全球了。伊麗莎白二世在位，已經四十五年，恰與一世相等。在兩位伊麗莎白之間，大英帝國從起建到瓦解，凡歷四百餘年，與漢代相當。方其全盛，這帝國的屬地藩邦、運河軍港，遍布了水陸大球，天下四分，獨占其一，爲歷來帝國之所未見，有「日不落國」之稱。

而現在，日落帝國，照豔了香港最後這一片晚霞。「日不落國」將成爲歷史，代之而興的乃是「日不落家」。

冷戰時代過後，國際日趨開放，交流日見頻繁，加以旅遊便利，資訊發達，這世界眞要變成地球村了。於是同一家人辭鄉背井，散落到海角天涯，晝夜顛倒，寒暑對照，便成了「日不落家」。今年我們的四個女兒，兩個在北美，兩個在西歐，留下我們二老守在島上。一家而分在五國，你醒我睡，不可同日而語，也成了「日不落家」。

幼女季珊留法五年，先在翁熱修法文，後去巴黎讀廣告設計，點唇畫眉，似乎沾上了一些高盧風味。我家英語程度不低，但家人的法語發音，常會遭她糾正。她擅於學人口吻，並佐以滑稽的手勢，常逗得母親和姐姐們開心，輕則解顏，劇則捧腹。可以想見，她的笑話多半取自法國經驗，首當其衝的自然是法國男人。馬歇・馬叟是她的偶像，害得她一度想學默劇。不過她的設計也學得不賴，我譯的王爾德喜劇《理想丈夫》，便是她做的封面。現在她住在加拿大，一個人孤懸在溫哥華南郊，跟我們的時差是早八小時。

長女珊珊在堪薩斯修完藝術史後，就一直留在美國，做了長久的紐約客。大都會的藝館畫廊既多，展覽又頻，正可盡情飽賞。珊珊也沒有閒著，遠流版兩巨冊的《現代藝術理論》就是她公餘、廚餘的譯績。華人畫家在東岸出畫集，也屢次請她寫序。看來我的「序災」她也有分了，成了「家患」，雖然苦些，卻非徒勞。她已經做了母親，男孩四歲，女孩未滿兩歲。家教所及；那小男孩一面揮舞恐龍和電動神兵，一面卻隨口叫出梵谷和蒙娜・麗莎的名字，把考古、科技、藝術合而爲一，十足一個博聞強記的頑童。四姐妹中珊珊來得最早，在生動的回憶裏她是破天荒第一聲嬰啼，一嬰開啼，衆嬰響應，帶來了日後八根小辮子飛舞的熱鬧與繁華。然而這些年來她離開我們也最久，而自己有了孩子之後，也最不容易回臺，所以只好安於「日不落家」，不便常回「娘家」了，她和么妹之間隔了一整個美洲大陸，時差，又早了三個小時。

凌越淼淼的大西洋更往東去，五小時的時差，便到了莎士比亞所讚的故鄉，「一塊寶石鑲嵌在銀濤之上」。次女幼珊在曼徹斯特大學專攻華滋華斯，正襟危坐，苦讀的是詩翁浩繁的全集，逍遙汗漫，優遊的也還是詩翁俯仰的湖區。華滋華斯乃英國浪漫詩派的主峰，幼珊在柏克萊寫碩士論文，仰攀的是這翠微，十年後遲去華氏故鄉，在曼城寫博士論文，登臨的仍是這雪頂，眞可謂從一而終。世上最親近華氏的女子，當然是他的妹妹桃樂賽（Dorothy Wordsworth），其次呢，恐怕就輪到我家的二女兒了。

幼珊留英，將滿三年，已經是一口不列顚腔。每逢朋友訪英，她義不容辭，總得駕車載客去西北的坎布利亞，一覽湖區絕色，簡直成了華滋華斯的特勤導遊。如此貢獻，只怕桃樂賽也無能爲力吧。我常勸幼珊在撰正論之餘，把她的英國經驗，包括湖區的唯美之旅，一一分題寫成雜文小品，免得日後「留英」變成「留白」。她卻惜墨如金，始終不曾下筆，正如她的么妹空將法國歲月藏在心中。

幼珊雖然遠在英國，今年卻不顯得怎麼孤單，因爲三妹佩珊正在比利時研究，見面不難，沒有時差。我們的三女兒反應迅速，興趣廣泛；而且「見異思遷」：她拿的三個學位依次是歷史學士、廣告碩士、行銷博士。所以我叫她做「柳三變」。在香港讀中文大學的時候，她的鋼琴演奏曾經考取八級，一度有意去美國主修音樂；後來又任《星島日報》的文教記者。所以在餐桌上我常笑語家人：「記者面前，說話當心。」

回臺以後，佩珊一直在東海的企管系任教，這些年來，更把本行的名著三種譯成中文，在「天下」、「遠流」出版。今年她去比利時做市場調查，範圍兼及荷蘭、英國。據我這做父親的看來，她對消費的興趣，不但是學術，也是癖好，尤其是對於精品。她的比利時之旅，不但飽覽佛朗德斯名畫，而且遍嘗各種美酒，更遠征土耳其，去清眞寺仰聽尖塔上悠揚的呼禱，想必是十分豐盛的經驗。

2

世界變成了地球村，這感覺，看電視上的氣象報告最爲具體。臺灣太熱，溫差又小，本地的氣象報告不夠生動，所以愛看外地的冷暖，尤其是夠酷的低溫。每次播到大陸各地，我總是尋找瀋陽和蘭州。「哇！零下十二度耶！過癮啊！」於是一整幅雪景當面摑來，覺得這世界還是多采多姿的。

一家既分五國，氣候自然各殊。其實四個女兒都在寒帶，最北的曼徹斯特約當北緯五十三度又半，最南的紐約也還有四十一度，都屬於高緯了。總而言之，四個女兒緯差雖達十二度，但氣溫大同，只得一個冷字。其中幼珊最爲怕冷，偏偏曼徹斯特嚴寒欺人，而讀不完的華滋華斯又必須久坐苦讀，難抵凜冽。對比之下，低緯二十二度半的高雄是暖得多了，即使嚷嚷寒流犯境，也不過等於英國的仲夏之夜，得蓋被窩。

黃昏，是一日最敏感最容易受傷的時辰，氣象報告總是由近而遠，終於播到了北美與西歐，把我們的關愛帶到高緯，向陌生又親切的都市聚焦。陌生，因爲是寒帶。親切，因爲是我們的孩子所在。

「溫哥華還在零下！」

「暴風雪襲擊紐約，機場關閉！」

「倫敦都這麼冷了，曼徹斯特更不得了！」

「布魯塞爾呢，也差不多吧？」

坐在熱帶的涼椅上看國外的氣象，我們總這麼大驚小怪，並不是因爲沒有見識過冰雪，或是孩子們還在稚齡，不知保暖，更不是因爲那些國家太簡陋，難以禦寒。只因爲父母老了，念女情深，在記憶的深處，夢的焦點，在見不得光的潛意識底層，女兒的神情笑貌仍似往昔，永遠珍藏在嬌憨的稚歲，童貞的幼齡——所以天冷了，就得爲她們加衣，天黑了，就等待她們一一回來，向熱騰騰的晚餐，向餐桌頂上金黃的吊燈報到，才能衆瓣聚首，衆瓣圍葩，輻輳成一朵烘鬧的向日葵。每當我眷顧往昔，年輕的幸福感就在這一景停格。

人的一生有一個半童年。一個童年在自己小時候，而半個童年在自己孩子的小時候。童年，是人生的神話時代，將信將疑，一半靠父母的零星口述，很難考古。錯過了自己的童年，還有第二次機會，那便是自己子女的童年。年輕爸爸的幸福感，大概僅次於年輕媽媽了。在廈門街綠蔭深邃的巷子裏，我曾是這麼一位顧盼自得的年輕爸爸，四個女嬰先後裹著奶香的襁褓，投進我喜悅的懷抱。黑白分明，新造的靈瞳灼灼向我轉來，定睛在我臉上，不移也不眨，凝神認眞地讀我，似乎有一點困惑。

「好像不是那個（媽媽）呢，這個（男人）。」她用超語言的渾沌意識在說我，而我，更逼近她的臉龐，用超語言的笑容向她示意：「我不是別人，是你爸爸，愛你，也許比不上你媽媽那麼周到，但不會比她較少。」她用超經驗的直覺將我的笑容解碼，於是學起我來，忽然也笑了。這是父女間第一次相視而笑，像風吹水綻，自成漣漪，卻不落言詮，不留痕跡。

爲了女嬰靈秀可愛，幼稚可哂，我們笑。受了我們笑容的啓示，笑聲的鼓舞，女嬰也笑了。女嬰一笑，我們以笑回答。女嬰一哭，我們笑得更多。女嬰剛會起立，我們用笑勉勵。她又跌坐在地，我們用笑安撫。四個女嬰馬戲團一般相繼翻筋斗來投我家，然後是帶爬、帶跌、帶搖、帶晃，撲進我們張迎的懷裏——她們的童年是我們的「笑季」。

爲了逗她們笑，我們做鬼臉。爲了教她們牙牙學語，我們自己先兒語牙牙：「這是豆豆，那是餅餅，蟲蟲蟲蟲飛！」成人之間不屑也不敢的幼稚口吻、離奇動作，我們在孩子面前，特權似地，卻可以完全解放，盡情表演。在孩子的眞童年裏，我們找到了自己的假童年，鄉愁一般再過一次小時候，管它是眞是假，是一半還是完全。

快樂的童年是雙全的互惠：一方面孩子長大了，孺慕兒時的親恩；一方面父母老了，眷念子女的兒時。因爲父母與稚兒之間的親情，最原始、最純粹、最強烈，印象最久也最深沈，雖經萬劫亦不可磨滅。坐在電視機前，看氣象而念四女，心底浮現的常是她們孩時，仰面伸手，依依求抱的憨態，只因那形象最縈我心。

最縈我心是第一個長夏，珊珊臥在白紗帳裏，任我把搖籃搖來搖去，烏眸灼灼仍對我仰視，窗外一巷的蟬嘶。是幼珊從躺床洞孔倒爬了出來，在地上顫顫昂頭像一隻小胖獸，令衆人大吃一驚，又哄然失笑。是帶佩珊去看電影，她水亮的眼珠在暗中轉動，閃著銀幕的反光，神情那樣緊張而專注，小手微汗在我的手裏。是季珊小時候怕打雷和鞭炮，巨響一迸發就把哭聲埋進婆婆的懷裏，嗚咽久之。

不知道她們的母親，記憶中是怎樣爲每一個女孩的初貌取景造形。也許是太密太繁了，不一而足，甚至要遠溯到成形以前，不是形象，而是觸覺，是胎裏的顚倒蜷伏，手撐腳踢。

當一切追溯到源頭，渾沌初開，女嬰的生命起自父精巧遇到母卵，正是所有愛情故事的雛形。從父體出發長征的；萬頭攢動，是適者得岸的蝌蚪寶寶，只有幸運的一頭被母島接納。於是母女同體的十月因緣奇妙地開始。母親把女嬰安頓在子宮，用胚胎餵她，羊水護她，用臍帶的專線跟她神祕地通話，給她曖昧的超安全感，更賦她心跳、脈搏與血型，直到大頭蝌蚪變成了大頭寶寶，大頭朝下，抱臂交股，蜷成一團，準備向生之窄門擁擠頂撞，破母體而出，而且鼓動肺葉，用尚未吃奶的氣力，嗓音驚天地而動鬼神，又像對母體告別，又像對母親報到，洪亮的一聲啼哭，「我來了！」

3

母親的恩情早在孩子會呼吸以前就開始。所以中國人計算年齡，是從成孕數起。那原始的十個月，雖然眼睛都還未睜開，已經樣樣向母親索取，負欠太多。等到降世那天，同命必須分體，更要斷然破胎、截然開骨，在劇烈加速的陣痛之中，掙扎著，奪門而出。生日蛋糕之甜，燭火之亮，是用母難之血來償付的。但生產之大劫不過是母愛的開始，日後母親的辛勤照顧，從抱到揹，從扶到推，從拉拔到提掖，字典上凡是手字部的操勞，哪一樣沒有做過？〈蓼莪〉篇說：「哀哀父母，生我劬勞。」其實肌膚之親、操勞之勤，母親遠多於父親。所以〈蓼莪〉又說：「母兮鞠我，拊我畜我，長我育我，顧我復我，出入腹我。欲報之德，昊天罔極？」其中所言，多爲母恩。「出入腹我」一句形容母不離子，最爲傳神，動物之中恐怕只有袋鼠家庭勝過人倫了。

從前是四個女兒常在身邊，顧之復之，出入腹之。我存肌膚白皙，四女多得遺傳，所以她們小時我戲呼之爲「一窩小白鼠」。在丹佛時，長途旅行，一窩小白鼠全在我家車上，坐滿後排。那情景，又像是所有的雞蛋都放在同一隻籃裏。我手握駕駛盤，不免倍加小心，但是全家同遊，美景共享，卻也心滿意足。在香港的十年，晚餐桌上熱湯蒸騰，燈氛溫馨，四隻小白鼠加一隻大白鼠加我這大老鼠圍成一桌，一時六口齊張，美餚爭入，妙語爭出，嘰嘰喳喳喧成一片，鼠倫之樂莫過於此。

而現在，一窩小白鼠全散在四方，這樣的盛宴久已不再。剩下二老，只能在清冷的晚餐後，向國外的氣象報告去揣摩四地的冷暖。中國人把見面打招呼叫做寒暄。我們每晚在電視上眞的向四個女兒「寒暄」，非但不是客套，而且寓有眞情，因爲中國人不慣和家人緊抱熱吻，恩情流露，每在淡淡的問暖噓寒，叮囑添衣。

往往在氣象報告之後，做母親的一通長途電話，越洋跨洲，就直接撥到暴風雪的那一端，去「寒暄」一番，並且報告高雄家裏的現況，例如父親剛去墨西哥開會，或是下星期要去川大演講，她也要同行。有時她一夜電話，打遍了西歐北美，耳聽四國，把我們這「日不落家」的最新動態收集彙整。

看著做母親的曳著電線，握著聽筒，跟九千里外的女兒短話長說，那全神貫注的姿態，我頓然領悟，這還是母女連心、一線密語的習慣。不過以前是用臍帶向體內腹語，而現在，是用電纜向海外傳音。

而除了臍帶情結之外，更不斷寫信，並附寄照片或剪稿，有時還寄包裹，把書籍、衣飾、藥品、隱形眼鏡等等，像後勤支援前線一般，源源不絕向海外供應。類此的補給從未中止，如同最初，母體用胎盤向新生命送營養和氧氣：綿綿的母愛，源源的母愛，唉，永不告竭。

所謂恩情，是愛加上辛苦再乘以時間，所以是有增無減，且因累積而變得深厚。所以《詩經》歎曰：「欲報之德，昊天罔極？」

這一切的一切，從珊珊的第一聲啼哭以前就開始了。若要徹底，就得追溯到四十五年前，當四個女嬰的母親初遇父親，神話的封面剛剛揭開，羅曼史正當扉頁。到女嬰來時，便是美麗的插圖了。第一圖是父之囊。第二圖是母之宮。第三圖是育嬰床，在內江街的婦產醫院。第四圖是搖嬰籃，把四個女嬰依次搖啊搖，沒有搖到外婆橋，卻搖成了少女，在廈門街深巷的一棟古屋。以後的插圖就不用我多講了。

這一幅插圖，看哪，爸爸老了，還對著海峽之夜在燈下寫詩。媽媽早入睡了，微聞鼾聲。她也許正夢見從前，有一窩小白鼠跟她捉迷藏，躲到後來就走散了，而她太累，一時也追不回來。

——八十六年四月

面目何足較
——從傑克森說到沈周

1

六月初美國的《明星周刊》有一篇報導，題名〈邁可的鼻子要掉了！〉說是搖滾樂巨星邁可・傑克森爲了舞臺形象，前後不但修整了面頰、嘴唇、眼袋，而且將前額拉皮，可是鼻子禁不起五、六次的整形手術，已經出現紅色與棕色的斑點，引起病變與高燒。文章還附了照片，一張是邁可二十歲時所攝，棕膚、濃眉、闊鼻，十足的年輕黑人；一張是漂白過後的近照，卻捣著鼻子，難窺眞相。

我這才恍然大悟：爲什麼邁可來臺灣演唱，進出旅館都戴著黑色口罩。

黑人在美國既爲少數民族，又有淪於下層階級的歷史背景，所以常受歧視。可是另一方面，少數的黑人憑其天賦的體能與敏感，也能揚眉吐氣，凌駕白人，成爲大衆崇拜的選手與歌手。球到了黑人的手裏，歌到了黑人的喉裏，就像著魔一般可以隨心所欲而不逾矩，令白人望塵莫及。黑喉像是肥沃的黑土，只一張就開出驚喜的異葩。豔羡的白人就來借土種花了。

今日的邁可·傑克森令人想起三十年前的艾維斯·普瑞斯利。邁可千方百計要把自己「漂白」，正如貓王存心要把自己「抹黑」：兩位搖滾歌手簡直像在對對子。貓王在黑人的福音歌謠裏長大，已經有點「黑成分」。這背景加上他日後掌握的「節拍與藍調」、「鄉村與西部」，黑白相濟，塑成了他多元兼擅的搖滾歌喉。縱然如此，單憑這些普瑞斯利還不足成爲貓王。觸發千萬張年輕的嘴忽然忘情尖叫的，是他高頻率的搖臀抖膝（high-frequency gyrations）。這一招苦肉絕技，當然是向黑人學的。

特別是向恰克·貝瑞（Chuck Berry）。普瑞斯利的嗓子是富厚的男中音；貝瑞的卻是清剛的男高音，流暢哀麗之中尤覺一往情深，輕易就征服了白人聽衆。貝瑞的歌藝兼擅黑人的藍調與白人的鄉村西部，唱到忘情，也是磨臀轉膝，不能自休。他比普瑞斯利大九歲，正好提供榜樣。在那年代，說到唱歌，美國南部典型的白人男孩無不豔羡鄰近的男童，普瑞斯利正是如此。日後他唱起「黑歌」來簡直可以亂眞，加上學來的「抖膝功」一發而不可止，「近墨者黑」，終於「抹黑」而紅，篡了黑人樂壇的位。

等到邁可．傑克森出現，黑神童才把這王位奪了回去。可是他在白人的主流社會裏，卻要以白治白，所以先得把自己「漂白」。黑神童征服世界的策略是雙管齊下：一方面要亦男亦女，貫通性別，一方面還要亦黑亦白，泯卻膚色。但是不擇手段的代價未免太高了，那代價正是苦了鼻子。

爲了自我漂白，整容淪爲易容，易容淪爲毀容。保持歌壇王位，竟要承受這歷劫之苦，邁可的用心是令人同情的。他雖然征服了世界，卻淪爲自卑與虛榮之奴，把「黑即是美」的自尊賤踏無遺。當戴安娜．羅絲與傑西．諾曼都無愧於本色，邁可何苦要易容變色？貓王學黑人還是活學活用，邁可學白人卻是太「膚淺」了。

「身體髮膚，受之父母，不敢毀傷，孝之始也。」如果我是邁可的母親，一定傷心死了。母親給了他這一副天嗓，不知感激，反而要退還母親給他的面目。這不孝，不僅是對於母親，更是對於族人。

2

「惟大英雄能本色，是眞名士自風流。」所謂本色是指眞面目、眞性情，不是美色，尤其不是化妝、整容。所以在商業味濃的選美會場，雖然「美女如雲」，卻令人覺得俗氣。俊男美女配在一起，總令人覺得有點好萊塢。在藝術的世界，一張「俊男」的畫像往往比不上一張「醜男」，正如在演藝界，一流的演員憑演技，三流的演員才憑俊美。

人像畫中最敏感的一種，莫過於自畫像了，因爲畫像的人就是受畫的人，而自我美化正是人之常情。但是眞正的畫家必然抗拒自我美化的俗欲，因爲他明白現實的漂亮不能折合爲藝術之美，因爲藝術之美來自受畫人的眞性情，也就是裸露在受畫人臉上的靈魂，呈現在受畫人手上的生命。邁可・傑克森理想中的自畫像，是一個帶有女性嫵媚的白種俊男。大畫家如梵谷的自畫像，則是一個把性情戴在臉上、把靈魂召來眼中的人，他自己。整容而至毀容的邁可・傑克森，在自畫像中畫出的是一個別人，甚至一個異族。

西方的大畫家幾乎都留下了自畫像，也幾乎都不肯自我美化，甚至都甘於「自我醜化」。說「醜化」，當然是言重了，但至少是不屑「諱醜」。從西方藝術的大師自畫像裏，我實在看不出有誰稱得上俊男，然而他們還是無所忌諱地照畫不誤，甚至還偏挑「老醜」的衰貌來畫。他們是人像大師，筆在自己的手裏，要妍要媸，全由自己作主，明知這一筆下去，勢必「留醜」後世，卻不屑僞造虛幻的俊秀，寧可成全藝術的眞實。

印象派的名家之中，把少女少婦畫得最可愛的，莫過於雷努瓦了，所以他也最受觀衆歡迎；人人目光都流連於彈鋼琴的少女、聽歌劇的少婦，很少投向雷努瓦的自畫像。我要指出，雷努瓦爲自己畫像，卻不盡在唯美，毋寧更在求眞、傳神。我看過他的兩幅自畫像，一幅畫於五十八歲（一八九九），一幅畫於六十九歲（一九一〇），都面容瘦削，眼神帶一點憂傷倦怠，蔓腮的鬍鬚灰白而凌亂。六十九歲的一幅因玫紅的背景襯出較多的血色，但是眼眶比前一幅卻更深陷，眞是垂垂老矣。證之以一八七五年雷努瓦三十四歲所攝的照片，這兩張自畫像相當逼眞，毫無自我美化的企圖。無論早年的照片或是晚年的畫像，都顯示這位把別人畫得如此美麗的大師，自己既非俊少，也非帥翁。

原籍克里特島而終老西班牙的艾爾・格瑞科，僅有的一幅自畫像顯得蒼老而憔悴，灰白的臉色、凹陷的雙頰、疲憊的眼神、雜亂的鬚髯，交織成一副病容，加以禿頂尖聳，雙耳斜翹，簡直給人蝙蝠加老鼠的感覺。不明白把聖徒和貴人畫得那麼高潔的大師，爲什麼偏挑這一副自抑的老態來流傳後世？

擅以清醒的低調來處理中產階級生活的法國畫家沙丹（Jean Baptiste Chardin, 1699-1779），也曾畫自己七十歲的老態，倒沒有把自己畫得多麼落魄，卻也說不上怎麼矍鑠有神。畫中人目光清明，雙唇緊抿，表情沉著堅定之中不失安詳，但除此之外，面貌也說不上威嚴或高貴。相反地，頭上卻有三樣東西顯得相當滑稽。首先令人注意的，是那副框邊滾圓的眼鏡，襯托得脾氣似乎很好。然後是遮光護目的帽簷寬闊有如屋簷，顯然是因爲老眼怕亮。還有呢，是一塊頭巾將頭顱和後腦勺包裹得十分周密，連耳朵和頸背也一併護住，據說是爲了防範顏料。這畫像我初看無動於衷，實在不懂這穿戴累贅的糟老頭子有什麼畫頭。等到弄明白畫家何以如此「打扮」，才恍然這並非盛裝對客，而是便裝作畫的常態，不禁因畫家坦然無防，樂於讓我們看到他日常的本色而備感可親。

西班牙畫家哥雅與阿爾巴公爵夫人相戀的傳聞，激發了我們多少遐想，以爲《赤身美人》（The Naked Maja）的作者該多倜儻呢。不料出現在他自畫像裏的，不是短頸胖面的中年人，學究氣的圓框眼鏡一半滑下了鼻樑，便是額髮半禿，眉目陰沈的老人，一點也不俊逸。

哥雅的自畫像令我失望，竇納的卻令我吃驚。前者至多只是不漂亮，後者簡直就是醜了。竇納的鷹鉤長鼻從眉心隆然崛起，簡直霸佔了大半個臉龐，側面看來尤其顯赫，久成漫畫家誇張的對象，甚至在早年的自畫像裏，他自己也不肯放過。鼻長如此，加上濃眉、大眼、厚唇，實在是有點醜了。

3

自畫像最多產的兩位大師，卻都生在荷蘭。阮伯讓（Rembrandt van Ryn, 1606-1669 俗譯林布蘭）一生油畫的產量約爲六百幅，其中自畫像多達六十幅，比重實在驚人；如果加上版畫和素描，自畫像更超過百幅。另一特色是這許多自畫像從二十三歲一直畫到六十三歲，也就是從少年一直到逝世之年，未曾間斷，所以每一時期的面貌與心情都有紀錄。足見畫家自我的審視與探索有多堅持，這一份自省兼自剖的勇氣與毅力，只能求之於眞正的大師。

這些自畫像尤以晚年所作最爲動人，一次認識之後，就終身難忘了。阮伯讓本就無意節外生枝地交代一切細節，他要探索的是性格與心境，所以畫中人去蕪存菁，往往只見到一張洋溢著靈性的臉上，閱世深邃的眼神，那樣堅毅而又鎮定，不喜亦不懼地向我們凝望過來，不，他並沒看見我們，他只是透過我們，越過我們，在凝望著永恆。幻異的光來自頂上，在他的眉下、鼻下投落陰影。還有些陰影就躲在髮間、鬚間，烘托神祕。但迎光的部分卻照出一臉的金輝，使原來應該滿布的滄桑竟然超凡入聖，蛻變成神采。

阮伯讓與雷努瓦同為人像畫大師，但取材與風格正好相反。雷努瓦之所棄，正是阮伯讓之所取。阮伯讓的人像畫廊裏幾乎全是老翁老媼，和體貌平凡甚至寢陋的人物。他的美學可說是脫胎於醜學：化腐朽為神奇，才眞是大匠。

和他的前輩一樣，梵谷也從未畫過美女俊男，卻依然成為人像大師。他一生沒沒無聞，當然沒有人僱他畫像，所以無須也無意取悅像主。同時他窮得僱不起模特兒，所以要畫人像也無可選擇，只好隨緣取材，畫一些寂寞的小人物：像米烈少尉、畫家巴熙、嘉舍大夫等等，已經是較有地位的了。

退而求其次，梵谷便反躬自畫。畫自己，畢竟方便多了，非但不需求人，而且可以認識自己，探討自我生命的意義。畫家的自畫像頗似作家的自傳，可是自傳不妨直敘，而自畫像只能婉達，內心的種種得靠外表來曲傳，畢竟是象徵的。相由心生，貌緣情起；畫家要讓觀眾深切體會自己的心情，先應精確掌握自己的相貌，相貌確定了，才能讓觀眾解碼為心情，爲形而上的生命。

阮伯讓在四十年內畫了六十幅油畫的自畫像，梵谷在十年內卻畫了四十多幅，其反覆自審、深刻自省的頻密，甚至超過了前輩。也可見他有多麼寂寞，多麼勇於自剖了。他頻頻寫信給弟弟，是要向人傾訴，又頻頻畫自己，是要向靈魂傾訴，更頻頻畫星空、畫麥田、畫不完童顏的向日葵，是要向萬有的生命滔滔傾訴。

就是這十九世紀末最寂寞的靈魂，沛然充塞於那四十多幅赤露可驚的自畫像裏，在冷肅孤峻之中隱藏著多少溫柔，有時衣冠如紳士，有時清苦如禪師，有時包著殘缺的右耳，有時神情失落如白癡，有時咬緊牙關如烈士，但其爲寂寞則一。阮伯讓把自己裹在深褐色的神祕之中，只留下一張幻金的老臉像一盞古燈。梵谷爲了補償自己的孤寂，無中生有，把身後的背景鼓動成藍漩渦一般的光輪。兩人都不避現實之醜，而成就了藝術之美，生活的輸家變成了生命的贏家。

邁可・傑克森再三整容，只買到一副殘缺的假面具。阮伯讓與梵谷坦然無隱以眞面目待人，卻胎脫換骨。

4

中國的繪畫傳統裏，人像畫的成就不能算高。山水畫標榜寫胸中之逸氣，本質上可視爲文人畫家的自畫像，反而眞正的自畫像卻難得一見。范寬和李唐是什麼面貌，馬遠和夏珪是什麼神情，我們都緣慳一面，不識廬山。所以一旦見到沈周竟有自畫像，眞的是喜出望外了。

自畫像中的沈周，布衣烏帽，鬚髮盡白，帽底微露著兩鬢如霜。清癯的臉上眼神矍鑠，耳鼻俱長，鼻樑直貫，準頭飽垂，予人白象祥瑞之感。眼周和頤側的皺紋輕如漣漪，呼應著袍袖的褶痕。面紋之間有疏落的老人斑點。畫像可見半身，交拱的雙手藏在大袖之中，卻露出一節指甲。整體體態和神情，山穩水靜，仁藹之中有大氣磅礴。觀者對畫，油然而生敬羡，觀之愈久，百慮盡消。這卻是在梵谷甚至阮伯讓的自畫像前，體會不到的。

人謂眼差小，又說頤太窄。
我自不能知，亦不知其失。
面目何足較，但恐有失德。
苟且八十年，今與死隔壁。

沈周在畫上自題了這首五古，豁達之中透出諧趣。西方油畫的人像雖然比較厚重有力，卻不便題詩，失去中國畫中詩畫互益之功。「面目何足較」一句，阮伯讓和梵谷都會欣然同意，但苦苦整容的邁可・傑克森，恐怕是聽不進去的了。

——八十六年七月

從母親到外遇

「大陸是母親，臺灣是妻子，香港是情人，歐洲是外遇。」我對朋友這麼說過。大陸是母親，不用多說。燒我成灰，我的漢魂唐魄仍然縈繞著那一片后土。那無窮無盡的故國，四海漂泊的龍族叫她做大陸，壯士登高叫她做九州，英雄落難叫她做江湖。不但是那片后土，還有那上面正走著的、那下面早歇下的，所有龍族。還有幾千年下來還沒有演完的歷史，和用了幾千年似乎要不夠用了的文化。我離開她時才二十一歲呢，再還鄉時已六十四了：「掉頭一去是風吹黑髮／回首再來已雪滿白頭。」長江斷奶之痛，歷四十三年。洪水成災，卻沒有一滴濺到我唇上。這許多年來，我所以在詩中狂呼著、低囈著中國，無非是一念耿耿為自己喊魂。不然我真會魂飛魄散，被西潮淘空。

當你的女友已改名瑪麗，你怎能送她一首〈菩薩蠻〉？

鄉情落實於地理與人民，而瀰漫於歷史與文化，其中有實有虛，有形有神，必須兼容，才能立體。鄉情是先天的，自然而然，不像民族主義會起政治的作用。把鄉情等同於民族主義，更在地理、人民、歷史、文化之外加上了政府，是一種「四捨五入」的含混觀念。朝代來來去去，強加於人的政治不能持久。所以政治使人分裂而文化使人相親：我們只聽說有文化，卻沒聽說過武化。要動用武力解放這個、統一那個，都不算文化。湯瑪斯・曼逃納粹，在異國對記者說：「凡我在處，即為德國。」他說的德國當然是指德國的文化，而非納粹政權。同樣地，畢卡索因為反對佛朗哥而拒返西班牙，也不是什麼「背叛祖國」。

臺灣是妻子，因為我在這島上從男友變成丈夫再變成父親，從青澀的講師變成滄桑的老教授，從投稿的「新秀」變成寫序的「前輩」，已經度過了大半個人生。幾乎是半世紀前，我從廈門經香港來到臺灣，下跳棋一般連跳了三島，就以臺北為家定居了下來。其間雖然也去了美國五年，香港十年，但此生住得最久的城市仍是臺北，而次久的正是高雄。我的《雙城記》不在巴黎、倫敦，而在臺北、高雄。

我以臺北為家，在城南的廈門街一條小巷子裏，「像蟲歸草間，魚潛水底」，蟄居了二十多年，喜獲了不僅四個女兒，還有二十三本書。及至晚年海外歸來，在這高雄港上、西子灣頭一住又是悠悠十三載。廈門街一一三巷是一條幽深而隱祕的窄巷，在其中度過有如壺底的歲月。西子灣恰恰相反，雖與高雄的市聲隔了一整座壽山，卻海闊天空，坦然朝西開放。高雄在貨櫃的吞吐量上號稱全世界第三大港，我窗下的浩淼接得通七海的風濤。詩人晚年，有這麼一道海峽可供題詠，竟比老杜的江峽還要闊了。

不幸失去了母親，何幸又遇見了妻子。這情形也不完全是隱喻。在實際生活上，我的慈母生我育我，牽引我三十年才撒手，之後便由我的賢妻來接手了。沒有這兩位堅強的女性，怎會有今日的我？在隱喻的層次上，大陸與海島更是如此。所以在感恩的心情下我寫過〈斷奶〉一詩，而以這麼三句結束：

斷奶的母親依舊是母親
斷奶的孩子，我慶幸
斷了嫘祖，還有媽祖

海峽雖然壯麗，卻像一柄無情的藍刀，把我的生命剖成兩半，無論我寫了多少懷鄉的詩，也難將傷口縫合。母親與妻子不斷爭辯，夾在中間的亦子亦夫最感到傷心。我究竟要做人子呢還是人夫，眞難兩全。無論在大陸、香港、南洋或國際，久矣我已被稱爲「臺灣作家」。我當然是臺灣作家，也是廣義的臺灣人，臺灣的禍福榮辱當然都有分。但是我同時也是，而且一早就是，中國人了：華夏的河山、人民、文化、歷史都是我與生俱來的「家當」，怎麼當都當不掉的，而中國的禍福榮辱也是我鮮明的「胎記」，怎麼消也不能消除。然而今日的臺灣，在不少場合，誰要做中國人，簡直就負有「原罪」。明明全都是馬，卻要說白馬非馬。這矛盾說來話長，我只有一個天眞的希望：「莫為五十年的政治，拋棄五千年的文化。」

香港是情人，因為我和她曾有十二年的緣分，最後雖然分了手，卻不是為了爭端。初見她時，我才二十一歲，北顧茫茫，是大陸出來的流亡學生，一年後便東渡臺灣。再見她時，我早已中年，成了中文大學的教授，而她，風華絕代，正當驚艷的盛時。我為她寫了不少詩，和更多的美文，害得臺灣的朋友艷羨之餘紛紛西遊，要去當場求證。所以那十一年也是我「後期」創作的盛歲，加上當時學府的同道多為文苑的知己，弟子之中也新秀輩出，蔚然乃成沙田文風。

香港久為國際氣派的通都大邑，不但東西對比、左右共存，而且南北交通，城鄉兼勝，不愧是一位混血美人。觀光客多半目炫於她的鬧市繁華，而無視於她的海山美景。九龍與香港隔水相望，兩岸的燈火爭妍，已經璀璨耀眼，再加上波光倒映，盛況更翻一倍。至於地勢，伸之則為半島，縮之則為港灣，聚之則為峰巒，撒之則為洲嶼，加上舟楫來去，變化之多，乃使海景奇幻無窮，我看了十年，仍然饞目未饜。

我一直慶幸能在香港無限好的歲月去沙田任教，慶幸那瑯嬛福地坐擁海山之美，安靜的校園，自由的學風，讓我能在文革的囂亂之外，登上大陸後門口這一座倖免的象牙塔，定定心心寫了好幾本書。於是我這「臺灣作家」竟然留下了「香港時期」。

不過這情人當初也並非一見鍾情，甚至有點刁妮子作風。例如她的粵腔九音詰屈，已經難解，有時還愛寫簡體字來考我，而冒犯了她，更會在左報上對我冷嘲熱諷，所以開頭的幾年頗吃了她一點苦頭。後來認識漸深，發現了她的眞性情，終於轉而相悅，不但粵語可解，簡體字能讀，連自己的美式英語也改了口，換成了矜持的不列顚腔。同時我對英語世界的興趣也從美國移向英國，香港更成爲我去歐洲的跳板，不但因爲港人歐遊成風，遠比臺灣人爲早，也因爲簽證在香港更迅捷方便。等到八〇年代初期大陸逐漸開放，內地作家出國交流，也多以香港爲首站，因而我會見了朱光潛、巴金、辛笛、柯靈，也開始與流沙河、李元洛通信。

不少人瞧不起香港，認定她只是一塊殖民地，又詆之爲文化沙漠。一九四〇年三月五日，蔡元培逝於香港，五天後舉殯，全港下半旗誌哀。對一位文化領袖如此致敬，不記得其他華人城市曾有先例，至少胡適當年去世，臺北不曾如此。如此的香港竟能稱爲文化沙漠嗎？至於近年對六四與釣魚臺的抗議，場面之盛，犧牲之烈，也不像柔馴的殖民地吧。

歐洲開始成爲外遇，則在我將老未老、已晡未暮的善感之年。我初踐歐土，是從紐約起飛，而由倫敦入境，繞了一個大圈，已經四十八歲了。等到眞的步上巴黎的卵石街頭，更已是五十之年，不但心情有點「遲暮」，季節也値春晚，偏偏又是獨遊。臨老而遊花都，總不免感覺是辜負了自己，想起李清照所說：「春歸秣陵樹，人老建康城。」

一個人略諳法國藝術有多風流倜儻，眼底的巴黎總比一般觀光嬉客所見要豐盈。「以前只是在印象派的畫裏見過巴黎，幻而似眞；等到親眼見了法國，卻疑身在印象派的畫裏，眞而似幻。」我在〈巴黎看畫記〉一文，就以這一句開端。

巴黎不但是花都、藝都，更是歐洲之都。整個歐洲當然早已「遲暮」了，卻依然十分「美人」，也許正因遲暮，美艷更教人憐。而且同屬遲暮，也因文化不同而有風格差異。例如倫敦吧，成熟之中仍不失端莊，至於巴黎，則不僅風韻猶存，更透出幾分撩人的明艷。

大致說來，北歐的城市比較秀雅，南歐的則比較穠麗；新教的國家清醒中有節制，舊教的國家慵懶中有激情。所以斯德哥爾摩雖有「北方威尼斯」之美名，但是冬長夏短，寒光斜照，兼以樓塔之類的建築多以紅而帶褐的方磚砌成，隔了茫茫煙水，只見灰濛濛陰沉沉的一大片，低壓在波上。那波濤，也是藍少黑多，說不上什麼浮光耀金之美。南歐的明媚風情在那樣的黑濤上是難以想像的：格拉納達的中世紀「紅堡」（Alhambra），那種細柱精雕、引泉入室的回教宮殿，即使再三擦拭阿拉丁的神燈，也不會赫現在波羅的海岸。

不過話說回來，無論是沉醉醉人，或是清醒醒人，歐洲的傳統建築之美總令人仰瞻低迴，神遊中古。且不論西歐南歐了，即使東歐的小國，不管目前如何弱小「落後」，其傳統建築如城堡、宮殿與教堂之類，比起現代的暴發都市來，仍然一派大家風範，耐看得多。歷經兩次世界大戰，遭受納粹或共產的浩劫，歲月的滄桑仍無法摧盡這些遲暮的美人，一任維也納與布達佩斯在多瑙河邊臨流照鏡，或是戰神刀下留情，讓布拉格的橋影臥魔濤而橫陳。愛倫坡說得好：

你女神的風姿已招我回鄉，
回到希臘不再的光榮
和羅馬已逝的盛況。

一切美景若具歷史的迴響、文化的意義，就不僅令人興奮，更使人低迴。何況歐洲文化不僅悠久，而且多元，「外遇」的滋味遠非美國的單調、淺薄可比。美國再富，總不好意思在波多馬克河邊蓋一座羅浮宮吧？怪不得王爾德要說：「善心的美國人死後，都去了巴黎。」

——八十七年八月於西子灣

後記

繼《隔水呼渡》之後，這本《日不落家》該是我的第四本純散文集，收在此書的二十一篇文章，都是在一九九一年至一九九八年之間寫成。前後八年只得這些文章，實在不算多產。在此期間，我為他人寫序，竟然有十七篇之多，耘人之田，耗力如此。收復散文的「失土」，只有寄望明年退休之後了。

這些文章篇幅也很懸殊：最短的一篇〈三都賦〉只得四、五百字，最長的一篇〈橋跨黃金城〉卻長達一萬四千多字。有不少散文集，如梁實秋的《雅舍小品》或錢鍾書的《寫在人生邊上》，所收文章都在兩千字上下，看來整齊，讀來雋永，十足是小品文的正宗。我的散文，短者見好便收，點到為止。長者恣肆淋漓，務求盡興，皆非「計畫生產」。五四以來，不少人認定散文就是小品文。其實散文的文體可以變化多端，不必限於輕工業的小品雜文。我一向認為小品也好，長篇也好，各有勝境，有志於散文藝術的作家，輕工業與重工業不妨全面經營。

這本《日不落家》，遊記只得六篇，不如《隔水呼渡》之盛，但是除了〈重遊西班牙〉是小品之外，其他五篇分量都不輕，因為遊記多為敘事文，總比散文的其他文體要長。其實我寫遊記，在感情上往往是為自己留一紀念，不甘任由快意的異國之行止於機票與簽證。在知性上，認真寫一篇遊記，是為了把異國的印象理出頭緒，把當時沒看清楚或未曾想通的種種細加咀嚼，重加認知。而這，正是旅行者與觀光客的分別。可惜近年來遠遊歸國，往往立刻困於雜務，不得閒情逸致，乘興記遊，竟任墨西哥、蘇格蘭、比利時、盧森堡、芬蘭、俄羅斯之行空縈心底，未收腕下。

〈沒有鄰居的都市〉、〈雙城記往〉、〈自豪與自幸〉、〈回顧琊嬛山已遠〉、〈仲夏夜之噩夢〉五篇都是追述往事，而其往也，有近有遠。〈自豪與自幸〉所述當為最遠：幼年在蜀夜讀古文，那種「青燈有味似兒時」的回憶，在〈桐油燈〉一詩中亦有描寫，老來追思，猶不勝其低迴。〈沒有鄰居的都市〉寫的是早年的台北，沒有那麼遠古，可謂中古。「象形文字傳播公司」曾將此文錄影成集，配上李泰祥譜曲的〈小木屐〉，四年前在台視「吾鄉印象」播出，效果甚佳。

〈另有離愁〉及〈開你的大頭會〉都是所謂幽默小品，和我以前所寫的〈朋友四型〉、〈借錢的境界〉等文同一文類。〈開你的大頭會〉是應《中央副刊》之邀為訪我的專輯所寫，兩岸屢見轉載，頗令文朋學友解顏。

〈日不落家〉亦有大陸雜誌轉載，並收入九歌版的《八十六年散文選》。此文所寫，是我家的四個寶貝女兒，與十七年前發表的那篇〈我的四個假想敵〉遙相呼應，成為續篇，可以合讀。不過四個女兒在前篇還是娉婷少女，到了續篇竟已漸近中年了，歲月真是無情。倒是當年假想的四敵，杯弓蛇影，迄今只出現了兩個，可謂「半場虛驚」，思之一歎。

至於〈從母親到外遇〉一文，最初只是四句戲言，頗得朋友會心一笑。傳到四川一份刊物的耳裏，竟來信要我敷衍成文。其實四句之後還有一句：「美國是棄婦」。後來覺得此語有失公道，因為早年美國對我的成長仍有其正面的啓發，未可一筆抹煞，就忍住不逞了。

余光中

八十七年秋分於西子灣

附錄四篇

女生宿舍裏的爸爸

詩人與父親

余珊珊

一九九三年初，長子出生，父母遠道從地球的那一端趕來紐約，在白皚皚的雪景裡，迎接家中的第一個外孫。數月之後，父親寫了〈抱孫〉一詩，讓我感而動之的，不僅是他獲孫之喜，還有他在詩中帶出我降世的情景：

宛如從前，島城的古屋
一巷蟬聲，半窗樹影
就這麼抱著，搖著
搖著，抱著
另一個初胎的嬰兒，你母親。

就這樣，一個男嬰誕生，在我初爲人母之際，不僅讓我貼身抱住滿懷的生之奧妙，也讓我品嘗了三十五年前，另一對父母所歷經的那一片心境。讀罷此詩，熱淚盈眶之際，我驀然醒悟，一種看似清淡的關係，背後其實有著怎樣的記憶。而一種關係似乎總要和其他的關係相互印證，才能看得清明透徹。

父女數十年的相處，一篇文章怎麼說得清！更何況如此的詩人父親。而所謂清淡的關係，其實也只是自我赴美求學以後。來美至今已十有三年，而初到堪薩斯州讀書，於狂熱西方中世紀、文藝復興、塞尙與畢卡索的藝術史之餘，只能偶在圖書館的中文報刊上與父親神交一番；但即使這樣也是奢侈的。只有在赴美翌年，父母相偕來美，探察在美的三個女兒。去密西根看了佩珊後，我們即和幼珊四人一車長征從俄勒岡至加州的一號公路。但畢竟兩地相隔後，和父母團聚的日子總共不超半年，而和父親的就更少了。家書總由母親執筆，報告身邊大小事務：而通越洋電話時，也總是母親接聽居多。然而每教我哽咽不能自已的，總是接獲父親手書時。在他那一筆不苟的手跡之後，是平時難以察覺的感情，似乎他的大喜大怒，全濃縮到他的文字之中了。

初識父親的人，少有不驚訝的。在他浩瀚詩文中顯現的魂魄，儼然是一氣呑山河、聲震天地的七呎之軀。及至眼前，儒雅的外表、含蓄的言行，教人難以置信這五呎剛過的身材後，翻躍著現代文學中的巨風大浪。但前將近一甲子的創作力和想像力，又讓人不得不驚詫於那兩道粗眉及鏡片後，確實閃爍著一代文豪的智慧之光：許多朋友就曾向我表示：「你父親實在不像他的文章！」至少他假想成眞的一個女婿就這麼認爲——我的先生即戲稱他爲「小巨人」。父親那種外斂而內溢的個性中，似乎隱藏了一座冰封的火山，彷彿只有在筆端紙面引爆才安全。

然而能和書中的父親相互印證一件事，就是父親坐在駕駛盤後面時，那時常覺得他像披著盔甲衝鋒的武士，不然就是開著八缸跑車呼嘯來去的選手。這倒不是說父親開車像臺灣那些玩命之徒，而是他手中握的是方向盤而不是筆時，似乎憑藉的更是一種本能，呼之即出而不再有束縛。在父親〈高遠的聯想〉、〈咦啊西部〉那幾篇文章中，已有最好的描寫。而每遊歐美，父親最喜的仍是四輪縮地術的玩法，不只在壯年如此，更老而彌堅，一口氣開個七天七夜才痛快。只記得十年前遊加州一號公路，那條蜿蜒的濱海之路不但由父親一手馳騁而過，且是高速當風，當時只覺得在每一轉每一彎的剎那，車頭都幾乎要朝著崖邊衝去，只覺心口一陣狂跳，頭皮不停發麻。你要問後來呢？那當然是什麼事也沒有，只是那眼前的勝景，當時全不暇細看。

其實我們四姊妹小時候，父親在坐鎭書房與奔波課堂之餘，也常與我們戲耍講故事。愛倫坡的恐怖故事在父親講來格外悚然，他總挑在晚上，將周圍的電燈關掉：在日式老屋陰影暗角的烘托下，再加上父親對細節不厭其煩地交代，語氣聲調的掌握，遣詞用字的講究，氣氛已夠幽魅詭異的了。而講到高潮，他往往將手電筒往臉上一照，在尖叫聲四起時，聽者講者都過足了癮。他也常在夏夜我們作功課時，摒息站在我們桌前的窗外陰森而笑，等我們不知所以抬頭尖叫時，即拊掌大笑。這方面，父親有似頑童。

一九七一年，父親應美國丹佛寺鐘學院之聘而前往教書。那一年是他較為悠閒的一年，遠離臺北，教職又輕，十分滿足了我們對父親角色的需求。那一年，我十三歲，剛上初中，在離家十分鐘的一所公立中學註了冊。自此，每天早上即由父親開車送往。在那十分鐘之內，我們通常扭開收音機，從披頭、瓊拜斯一直聽到巴布迪倫。當時，越戰尚未結束，卻已接近尾聲，不像我們六六年經過加州時，滿街長髮披肩的嬉皮，大麻隨處可聞，我雖只有八歲，卻在滿眼驚奇中感到某種瀰漫人心的氣氛。回國後，父親力倡搖滾樂，不僅在其動人心弦的節奏，更在其現代詩般的歌詞。而此後，我卻對六、七〇年代美國有一種莫明的認同，這實在是因為曾經身歷其境。

西出丹佛城的陽關，回到臺北故居後，似乎一切又走上往日的軌道，上學的上學，上班的上班。父親又開始陷入身兼數職的日子：從教授、詩人、評審、譯者、兒子、到丈夫，而「父親」在眾人瓜分下，變得只有好幾分之一。我常想，一個人要在創作上有所成就，總要在家人和自我間權衡輕重。在父親數十本的著作後，是他必須關起門來，將自己摒於一切人聲電視機車應酬之外，像閉關入定，犧牲無數的「人情」，才能進入自我，進入一切創作的半昏迷狀態。父親寫作時，既不一菸在口，也不一杯在手，憑藉的全是他異常豐富而活躍的腦細胞。然而追在他身後永無了斷的稿債演講評審開會，也常教父親咬牙切齒，當桌而搥。有時在全無防範下，他在書房裡的驚人一拍，常使我們姊妹心爲之一跳。只聽見他在房中叫道：「永遠有做不完的事！永遠有找不完的人！」然而他從不當面推辭，寧可罵過之後又爲人作序去也。習慣之後，我們也覺得好笑。父親每天幾乎總伏案至深夜一、兩點，寫畢即睡，從沒聽說他患過失眠，也沒見過他晚起。而他的睡姿有如臥倒的立正。仰面朝天、頭枕中央，雙臂規規矩矩地放在兩側，被角掖在下顎，有如一個四平八穩的對稱字。我們姊妹常覺這實在不可思議，卻從來沒有問過母親覺得如何。

父親在香港中文大學執教的那十多年，我們全家住在大學的宿舍裡。宿舍背山面海，每天伴我們入眠的是吐露港上的瀲豔，七仙嶺下的的漁燈，而人間的煙火似乎都遠遠隱遁在山下了。我們姐妹當時漸近青少年的尾巴，雖仍青澀稚嫩，但在餐桌上有時竟能加入父母的談話。視父親書桌上的文稿而定，他的晚餐話題會從王爾德轉到蘇東坡再到紅衛兵，有時竟也徵詢我們的意見。我記得父親某些散文的篇名就是我們姊妹一致通過的。我們當時對中外文學都極爲傾心，也略涉一二，偶然也提些問題、表示看法，而和父親不謀而合時，即心中暗喜。與此同時的是訪客的精彩有趣，常吸我如磁石般定坐其間，聆聽一席席拋球般的妙喻，或一段段深而博的高論。然而在我如一塊海綿，將觸角怒伸、感官張開而飽吸之際，隱隱，幾乎自己也無所覺的，是有某種不安、某種焦慮，覺得這種幸福是一隻漏網，網不住時間這種細沙，在其無孔不入的刹那，一切將如流星般逝去。

而在我長大成人，遠到異國開闢另一片疆土後，常覺從前恍若隔世，眼前既無一景可溯以往，亦無一人能接起少時。不但先生是在新大陸相識的，一雙子女更是在新大陸出生的。生命變得有如電影的蒙太奇，跳接得太快太離奇，從一片景色過渡到另一片，從一群相識銜接到另一群時，這之間是如何一環環相連扣的呢？有何必然的脈胳、有何永恆的道理可循嗎？而在追溯到起點，在極度思念那遠方的一事一物而無以聊慰時，我拿起了父親的詩集。在以前忽略的那一字一行間，我步入了時光的隧道，在撲面而來的潮思海緒裡，我不但走過從前的自己，還走入一個偉大的靈魂，一個民族，一個時代的記憶。那是從舊大陸南遷而來的最後一批候鳥，帶著史前的記憶，在季候風轉向而回不去的島國，一住就是一輩子。好在，今風勢已緩，候鳥不但紛紛探首，亦個別上路，只有一種「少小離家老大回」的惘然。其實，於殷勤回歸之際，這片島國已成了他們的第二故鄉，無論有形的、無形的都已根植這塊土地上，成為照眼的地標。

我在父親的詩文中，找到這種失魂的囈語，一種移居他鄉的無奈。然而在鉛字中反映出來的，卻漸由無奈而接受而投入，追昔撫今，成為另一種鄉愁。而我，我如今不也在新大陸上思念那海島的人與物，我的童年嗎？只不過物換星移，中間差了一代罷了。我彷彿隨時可以回去，卻又不能眞正的回到過去。於是，我有些了然，有些傷痛，又有些釋然，像我父親一樣。畢竟，宇宙的定律是不輕易改變的，而血，總是從上游流到下游。

——一九九八年夏

原載一九九八年十月二十八日《中央副刊》

父親・詩人・同事

余幼珊

父親和我除了父女關係之外，還有個很有趣的關係，就是同事。我在一九八七年來到高雄中山大學教書，二十多年來，不但與父親一起生活，還與父親同在一校教書，而且我們的研究室斜斜相對，他的面海，我的面山。能夠以這種雙重關係常年陪在父親旁邊，是相常特殊的經驗；跟姐妹比較起來，這種關係讓我對父親有更多的了解。我之所以會在外文系教書，一方面是本身喜歡英文以及文學，而另一方面，自然和父親有密切的關係。從小，我對他的記憶就是，他正襟危坐，坐在書桌前，或看書，或寫作，或撫弄一冊冊新書舊書。隨時隨地，心中想起父親時，腦海中浮現的就是這樣一幅畫面。家中除了客廳和飯廳，最大的房間往往就是父親的書房，房內幾乎每一面牆都是書櫃，高到天花板，各種各樣的書籍，從《詩經》到存在主義。從米芾和劉國松到布魯果和梵谷。小時候走進去，覺得整個房間充滿了神秘感。書中各式各樣的人說著各異的語言，傾訴我半懂不懂的心境，古今中外的七情六欲和歷史文化透紙而出，直逼而來，如此強烈，似將一切去除——書房內，空間無限、時間靜止。父親大部分時間都待在書房，無論讀書寫作或是批改學生的作業，皆態度嚴謹，一絲不苟。這樣的工作態度和生活態度深深影響了我。

父親的身教

但父親從來沒有刻意教我們讀書，他第一次教我念英詩，是我在香港念大學時，要從中文系轉英文系，父親爲我「補習」。那一次，也是唯一的一次，可說是我英詩的啓蒙，除了講解內容，父親把詩一首一首地朗讀給我聽。他的聲音富有磁性，極爲好聽，令我感動落淚。他念到濟慈的〈無情美人〉。用低沉的嗓音，緩緩的節奏誦讀，那一天他所教我的許多詩，這一首最叫我動心。往後我自己也經常教到這首詩，而每回念給學生聽，耳中無不響起父親那沉緩的音調，而除了英詩，父親也用他獨特的音調吟詠中國古詩，同樣婉轉悠揚。透過吟誦詩歌，我深深體會到文字與音韻的密切結合。雖然父親從不刻意教我們什麼，然耳濡目染，不知不覺中我們獲得了更多。我們每天在生活中、閒談中看到聽到的，都是他和文學的種種，他在餐桌上的話題，少則幾天，多則幾年，便成了一首詩或是一篇文章。

從前我對於父親這樣的生活和世界，覺得是理所當然的，因爲有記憶以來，他就是這樣。對於父親的「才華」和「成就」，同樣也覺得是理所當然的，小時候，他「詩人」的身分，如同他「教授」的職位，對我說來似乎就是份工作而已，我鮮少想過所謂詩人意味著什麼。前年雙親和我一起搭飛機到溫哥華和家人團聚，慶祝他們的金婚紀念，在飛機上，父親閒著無聊，就提議我倆輪流背英詩。有時我們會忘了一兩行，父親就從詩句的輕重音和節奏把那兩行拼湊起來。那個經驗，讓我突然非常深刻地了解到，除了在書桌前讀書思考之外，他可說是行住坐臥間全都是文字全都是詩，文學是他的整個生命和生活，他是文字的煉金術士，永遠在嘗試將文字點石成金。

所以，平日若見父親若有所思，多半是在想著如何將某種感覺、某件事情化成詩句，而他生活中的每一件事都可入詩。我們吃著晶瑩如紅寶石的石榴，他固然也享受舌尖的美味，但腦中則本能地開始尋找最貼切的意象和比喻來讚歎石榴之美。因此，無論半夜尿脹或躺在牙醫診所看牙的經驗，自然也都成爲有趣的題材了。

賴母親照顧父親不理俗事

中山大學的舊文學院，面對中庭，庭中四棵菩提樹，在國父及蔣公銅像前各占一角，枝葉繁密，姿態優雅，每到五月，舊葉落盡，新生的嫩葉色澤甚美。父親十分喜愛這幾株菩提，我幾次在不經意間，見到他在四樓面對中庭的走廊上，渾然忘我地望著樹木，那當下他專注地和菩提交流，似乎只有他和樹木存在。那一刻我突然明白，父親的詩文之所以令人感動，不只是他運用文字功夫高超，還在於他駐心觀察事物，而他能夠這樣專注入微，則在於他對物質世界大部分的事物並不在意，故可全心投入某幾樣事情。他的物欲甚低，在乎的東西屈指可數——書、車、報紙而已；從小見他勤於擦拭的就是書籍和汽車，而閱讀報紙則是他每天早餐後第一重要的事，並且讀得鉅細靡遺，有時會令人大吃一驚地聽他提到某影歌星如何如何。他在文學院教員休息室的圓桌看報紙，似已成爲文學院一景，不過，寫到這裏，必須一提的是，文字文學相關的事除外，父親能夠不理俗事，完全有賴母親全面的照顧。

今年父親八十歲了，仍然寫作不輟，且童心未泯，幽默感依舊。不過，近年來各種演講、寫稿的邀約以及訪問不斷，也令他頗感負擔。八旬老翁，竟還有時夢見忘記去考試，可見其壓力。我十分盼望他這方面的負擔能減輕，以便專心從事他最擅長之事，即寫作和翻譯，爲這世界煉出更多文字之金丹。

——原載二〇〇九年二月號《明報月刊》

（作者現任高雄國立中山大學外文系副教授）

月光海岸

余佩珊

1

颱風據說改道後的傍晚，我們去看海。

本來是一個人的心事，想起之後，就不再改變，飯桌上問父親下山的道路，他推開碗說：「我們一起去吧。」

上路的時候，暮色已合，待喜美轎車靜靜地停在武嶺山莊的小徑邊時，短短的路程，我們已需用手電筒來推開眼前的渾沌。

穿過一列石子地，便是南向而上的斜坡。武嶺山莊在東、而西南方，時續時斷，爲林所拒爲夜所覆的莽莽灰原、眞是、海嗎？濤聲如嘯，沉沉地在林外對岸上吼。不安的鼻息漲滿了耳鼓，噴得天上的雲四出奔走，群結時鉛黑、稀薄處透一點紫，一點點，剛夠瞳仁辨景。

上了斜坡，還來不及站穩，風翼已自空曠中，什麼警告也沒有地撲上來。巨大的翅膀刷向顏面四肢、眼睫壓得瘈沉下墜、眼眶微麻、寬汗衫貼身急避、頭髮嚇得欲飛。看台上，一溜二人坐的情人式瓷磚椅、鏽褐色，椅前以鐵欄杆護著，向外則是草樹雜生的短崖。動盪的夜裡、所有的影子都在惶惶奔走，只有背後巨大的建築物是靜止的，可堪依靠，凝成對海的側目。

我站到椅子上，用手按住長髮，瞭望廣闊的海域。千百匹黑盲的蛇頸長獸，由海底脫柵而出，飄著怒白的長鬃，一排隨一排向晦暗的灘頭搶來，總是才攀上岸便已力竭而退，碎散在後撲而至的喘息中。那麼憤怒，是狂熱呢還是渴切，是攻擊呢還是追趕，是歸來呢、還是出征？

浪中仍有船靜泊，燈影如魅、危危一盞盞是求救的信號、還是海盜微笑的旗幟？風裡只見海平線爭向遠方仰起，撐起海之角一方巨蓋，傾浪而成三十度的洶湧灰坡，沒岸而來。如果此刻出海，竟要一路匐伏著爬上天之涯。

那晚，其實並沒有月亮，雲層很厚，是種沉悶的塵灰。父親與我都沒有說什麼話，大部分的時間僅是沉默地望著海。他的話，自我們姐妹少年後，便越來越少了。想出口時，時間的舟中，我總是滔滔地啓了航，又淈淈地盪開。也許，體會一點無言的感覺是好的，是可以反覆咀嚼的，我如是想。何況大風中不宜多言，何況，我已想不起要問什麼。黃口小兒的時候，據說我的話又多又可笑，如大浪拍打礁石後，激起的清越水珠。少年後的我，開始潛爲一座礁石，在父親面前，出水時少、入水時多，悄悄絆留奔過的景物。而海，似乎永遠在漲潮中，壓過水岩相抗的澎湃。

後來，我們又去了另一道堤邊，觀看另一種澎湃的水岩相抗。拒馬擋起的，無非是一臂無悔而伸向黑暗的窄堤。明知不過數百呎，卻看不見無光所在的盡頭。我們下了車，正攀上堤岸的矮牆，驚見面前水牆已起，撲打在堤下灰白的石磯上，轟隆濺起近人高的水沫，在身上潑出一幅透明的水墨畫，須臾即隱去，等待下一次的密碼。溼透的堤岸上，我生怕站不穩、低呼一聲，自然而然地避到父親背後。他瘦小，但我直覺他可以遮住我。「不怕。」父親說：「不怕。」

我立定，又一陣大浪掩至，激烈地噴出一蓬銀芒暗器，一蓬，又一蓬。路燈下晶瑩奪目，亦是一種瀑布，燈中現形，頃刻即沒。

「這還不算大。有一次颱風來，」父親說：「據說在旁邊公路上有車子在走，還來不及看見大浪打起，車子全溼了，差點就要給捲下去了。」父親的聲音仍然略帶戲劇性，句子結尾前往往聲調提高，而尾音頓然下挫，他的濃眉一展，右手隨之一托眼鏡，是從小就聽熟悉看熟悉的。

在我低低的驚歎中，大浪得意地揮出一蓬，又一蓬針雨。整個堤岸也許都溼透了吧？颱風夜也好、仲夏夜也好，不過是一座閒散無人的水泥堤罷了。東亞第一座大港就在一里之內，走私船經過，賞月的人稍佇，晨跑的人經過，遊客總是聚向更熱鬧美麗的風景區。

此刻無人，只有我們。我回頭，瞭望黑暗的盡頭，有一點點月光，窺探著浮動的海。明滅中，一列隆起如長脊的黑影，隨著水波時明時晦，竟像一小塊流動的沙洲。

「那是什麼？好像是破船還是橡皮艇？」我問。

父親並沒有回答。他背著手望水、額高鼻峻唇弧深，看起來很是冷肅。如果母親在旁的話，他也許早有湯湯洋洋的感覺要告訴她。或者是其他博學多聞的座上客，正在聆聽那目光閃動中、層出不窮的意象吧。但船不啓航、再聽不到浪花輕敲船舫的淙淙泠泠。我繼續轉過頭去，凝視那片幽浮的黑魅，倒有點像自己的心事；想起的時候決定、決定後、再也、再也說不出來了。

2

黃昏前，有風自海上來。

平地上仍是典型的夏天，黏而重的空氣，與半透明的陽光一重貼一重，自臉頰、頸項、背脊熨下無數的汗，另一件溼衣地貼在身上。欲脫溼衣，唯有登樓，在冷氣沁涼低微的哼聲中，過一個下午。

颱風已過，金陽足足燒了一天，我在落地窗前觀看良久，想起那岸邊，是否也燦爛明亮，像所有盛夏的海岸？

於是我們早早吃了飯，母親揹起腳架，約了住在樓上的來客一起去探望究竟。

濤聲低沉，都退回了天邊一面巨鼓上。我們跨上斜坡時，只見重新繃緊的鼓皮上，滿敷鳳族的丹硃。一面焰金的巨鑼冉冉地和鼓而敲，越扣越沉。鉛灰的海妖早已降下最深的海淵，太陽神珍養的七彩馬隊紛紛升起相送：金芒眼、龍鱗身、白濤鬃、浪碧身，鼻息進出間，潮正在退。

許多人早已圍坐在看台前，橫手掩眉，瞇眼而望，我們繼續往更高的平台走去，想找一角無人所在，可以供母親支放腳架、任意取景。

而太陽正要下去了，此刻正懸浮於水面，欲吞未吞是洪荒以來、晴天即現的一場驚天動地大拔河。龍族傾巢而出的馬隊，晨曦叩天，暮霞噬日、鳳族的翼雲在天空拍翅，兩邊齊齊狂叫：「燒起來了、燒起來了。」金芒眼燒成銅赤焰，天爐裡最後一丸金丹，慢慢也支持不住地往下沉，一點一點，彷彿看見觸水之際，火星四濺的嘶嘶塵燼，彤雲焚身的壯烈，霎霎噴薄，海水蒸騰，如最慢動作的爆炸場面。猩紅的風撲上面，曬焦了皮膚，灼熟了雙目。一點一點，總是就要九轉丹成偏就，不不，來不及了，差一點火候，明天吧，再一夜的淬浸，換取更純粹的鍛煉。一點，一點，由不可逼視的火球到點水半圓、而光舌洋溢的切弦，而流離不定，一角邊弧。不肯離去，是皇族盛妝的烈金，與殷赤。

太陽終於下去了。

我噓了一口氣，圍觀的人漸散，疾飛的白鳥群劃空而去，也走了。海仍在退，沙在海灘上揚起一陣薄霧，又沉寂了。輪船一艘一艘，遠遠地開回、靜靜泊下、在遠方。

熾熱的巨鼓漸漸暗了，鼓皮鬆弛，傾覆如杯，汨汨流出漸冷的橘汁，緩緩淌下去、黏在握糊了的半透明玻璃杯上。

我猶疑著，輕觸夜裾尚未打掃過的情人座。風的手指，來得及撥濤而潮，來不及撫去瓷磚上西曬的餘溫。哎，坐下，坐下吧。月亮輕輕道，淡白如一方圓半乾的貼紙，溼處陰乾處晴，鬆鬆印在向東的半空中，乾了便要融入青空。暮色終究要走了；穹蒼裡先是帛青，繼而煙藍、再則芋紫、餘燼熄熄，最後都燒成靛灰。一段、一段、自北而南，隨風碎散，化作鈷藍。

而馬群是漸漸地安靜了，濤聲如綞，紡出一波又一波的月髮，隨波逐流。暗裡彷彿有笛聲，梳下輕漫如銀的髮沫，漫湧迴環，流離若雪，浪挽不住了山披、山披不完了樹捧，終於散成了一幅夜。

於是父親與來客，母親與我，各分一處，據椅背而坐定，隔著一株巨大的棕櫚樹，起初兩邊尚互相側耳，繼而話題終於分割而二。

「星星。」我跟母親說。移坐沁涼的鐵欄杆上、仰首而望。而即使頭頸曲成了九十度的直角，目之所盡不過半脈銀河、數座星系，而且在北半球，在夏至之後、紅巨星之後、褐黑的瞳仁能接收的，也包括白矮星，中子星那些由盛而衰的輪迴嗎？

「喏，看北斗星。」隔壁的父親對我們喊。西北的空中、杓子倒豎，直指五倍之遙的北極星。索性站起、獨迎一空晶瑩亂閃的迷陣。上帝的篩子裡跌出來的。

「嗯。」

「是這樣的，話說好久好久以前，上帝一個人住，覺得有些寂寞。『我要做一個宇宙。』祂自言自語：『就一個，不多。』於是上帝抖擻精神，把搗蛋的黑洞趕得遠遠的。你知道啦，黑洞那時還沒那麼黑不溜秋的。不過牠嫉妒、又好吃，連光都吃，早知道是不能做寵物的。好了，上帝拍拍牠的袍子，把所有的灰塵抖下來，堆在一起。然後祂剪一綹鬍子，編成一支篩子。上帝把灰塵倒下篩子、起勁地開始篩、一面認眞考慮：『這個宇宙該是一大片，一長條、一巨塊，還是一粒一粒？』祂一面想，想得太專注了，只顧得去篩，忘了收集，篩好的灰塵全都飛遠了，一團一團、如棉絮般，悄無聲息地飄走了。」

上帝由愉快的沉思中醒來時，驚見灰塵全不見了。祂抬眼找尋、猛然發覺自己站在宇宙當中，眞的，一整個宇宙，還在不斷地擴大，飛快地向外飛去。是祂的灰塵，糾結成無數個圓形的球體，互相牽引，又互相排斥，其中有那大的，就停下來了。其餘的一面繞著大樹轉，一面又自轉，彷彿在炫耀，又彷彿失去控制，急得團團轉，急得不得了不得了。

「上帝怔忡半響，嘆了一口氣，也許祂隱隱知道宇宙總是不能盡善盡美。一次爆炸，兩次爆炸，每次重做，總是不理想。眞是傑作嗎？祂自問，不禁垂下頭發起呆來。就在這時，上帝看見篩中剩下的灰塵，因爲太大粒了，所以沒給篩掉。上帝又陷入了沉思，好久好久——」

「多久？」

「不知道，一億年、兩億年，誰知道。上帝一陷入沉思，就忘了一切，你知道。反而啊，宇宙開始隱定些了，星際不再橫衝直撞，動不動就一次爆炸完事，上帝心情漸漸好了些，可以客觀些來看這個宇宙；零零落落，似擁擠實空虛，似凌亂實有機。還是有挽救的餘地。上帝終於決定了，祂說：『我要神話。』於是祂造了人。上帝又說：『讓神話流傳。』於是衆星運轉，相牽互引，以爲共生，是指星座。人說：『我們會忘記神話。』於是上帝以黎明爲始，以黃昏爲界，劈分日夜。最後上帝說：『給我光。』於是日昇月降、互爲陰陽；日熾而月涼，日燦而月陰。」

月至中天，雲都退開了，明若琉璃。星子在天，而淡淡人影在地，共是四個，靜時多而動時少。

「由這個方向，一路西迎而去，就是香港了。」那裡父親伸出一臂，直指海灘所延展而去的空曠水面。來客來自那裡，而我也在那島上成長。很多年前，在隔水的新界，一處名叫吐露港的地方，一群十九二十歲的青年，也曾站在山巔這般仰望星子。那時神話仍新鮮如昨日，星子纍纍、如垂眉睫。男孩子教大家認星座，而我滔滔地將它們一一還原爲神話。年輕的心隨時都要感動，一感動便要膜拜在地，轉瞬間又可忘掉一乾二淨、摘星如摘神話、一路飛揚跋扈，嘻笑而去。高談的肺活量奇大，而闊論的血液奔騰。那時，星座就是神話。

後來，在北美洲的大陸上，也曾觀星；冬夜裡，背著沉重的書包，穿著臃腫的大雪衣，抬起來冰涼的眼睛，星子亦冰鎮而晶脆，在零下的嚴冬裡，終將支持不住；碎裂成雪而紛飛，而覆夜。

晴朗的夜裡，總是先看見獵戶座，一直線橫亙的腰帶，中間一顆總是若隱若現，需要費力地在兩點連成的直線中尋找。然後是弓與雙足拉成的巨大四邊型，最明亮的是鎮北的天狼星、獵人昂首北望的熠熠銳目。而地上人痴痴昂首，終於如夢初醒，急急趕路，想不起或想得起，全都毫不猶豫地看回記憶隱晦的角落，我卻想不起神話了，在商業的國度裡，我也是一個獵人，用歷經百戰的弓，和苦讀的箭，把一場場考試、一本本厚可驚夢的教科書，或是一套套個案研究，射成一串串穿心而過的獵物，掛在皮帶上，爲了獻給一個學位，也是可以掛起來的吧，且可廿四小時供奉，於是我一路攻將下去，不懼亦不能懼。

濤聲越沉、紡出更多銀芽白的月髮。是一更天了吧，月亮言笑晏晏地自壽山巔滑至這一片看台上，在頭上降下一片微霜。西南方的防波堤已沒入夜色，只餘堤口一閃一閃的燈，左赤右黃、左疾右緩。小領航船在進出落日的船隻中穿梭來去，船後劃下輕巧的水紋、即使舴艋舟橫過，纖弱的船舫想必依舊平靜。然後是汽笛悠悠地應著，響自更廣袤的夜空，化入風的暗潮、夜的幽沼。

於是我們都安靜了，放下手中的弓，鬆弛長久尋獵而疲憊的眼睛、凝定坐姿而成星座、牽瑩髮而散銀河，泠泠地傾入旋轉的光年內。神話已做好，流傳如宇宙的擴張。生命在此越轉越慢，像一隻失速的陀螺，最後都將靜止，停在一座月光海岸邊。

「該走了吧？」

「呵～好，來，把腳架撿起來。」

「看流星——咦，照這麼說，流星是什麼？」

「上帝的篩子中，不是還有未篩掉的大顆灰塵嗎？當時祂看見宇宙飛出去了，心中大急，就忘了篩子，於是塵塊跌出來了，到處亂撞。因爲在篩子中久了，沾染了上帝的神力，飛時便有長長的光帶，明燦燦劃過天空……」

3

那晚他們在說一個故事，關於太空，關於未知與征服。

看台上的涼椅都坐滿了，座上客笑語盈盈，影子披上一點青中灑銀的仲夏月光，霧船的雲皆褪去，赤裸的夜空潤澤如薄胎的宋瓷，微微透出中國藍的天色，壽山毛茸茸的剪影在東北方，略為發亮。月將圓，如一隻孤單的孔明燈，獨自升上最高的晴空。飄搖的是月光，拂髮而動，是此地的人間笑語所攪亂的。

「看、岸邊有燈光。」君鶴說。我立在他身邊，朝黑暗望去，應該是一堆防波的石磯中，果眞有一點幽微若無的燈魅。

「是燈嗎？」

「恐怕是走私的哩。以前這裡有大走私案被破獲，發現校警都有內應哩。妳知不知道？」

「是啊。不過現在可能沒有了吧？」

「還是有可能呀。」君鶴慢呑呑地說，彷彿自言自語。

「也許是釣魚的人。」那人，縮身在亂石堆中，朝洪濛中丟竿（線？），然後守著黑暗、守著守著，收一竿虛無。再丟竿，守著黑暗，收竿，裝一點時間布下的餌，再丟。等什麼樣的魚呢？眼睛如兩點鱗光，屈如獸、凝如岩，是要避開一點什麼人世的喧嘩吧？譬如此地。

遙遠的海面上，泊滿了向南的船隻，即使隔著數百呎的夜濤，修長的船身依然龐然。尾部一排燈光，隱約呼應、綴成不規則的數列燈線，蔓延而北，竟像彼岸；彼岸一座燈城，有恆定不移的土地，及夜夜熙攘的燈市，占領一點點的黑暗，遙窺寧靜近探燦爛，可以夜夜橫渡，去趕一個集。

於是我悄悄離開衆人，踱向高一層的看台，去瞭望那個燈集，船身爲托，星爲客。月光在海面上不安地晃漾，一道光帶由岸邊跨水而去，是整片海在夜晚僅餘的一行眼睛。一波波暗潮奔湧而上，流盼數刻，後繼者隨即排身入光，推潮而波，波晦則海冥。

回過頭去，最下一層看台，父親與鍾玲阿姨及曼珪一處。母親與君鶴等四人一處，離看台稍遠的長石椅邊站著來客，高島及周先生。他們仍在聊天，時而靜默下來看海、伸手指點。

有笛聲，自更高處的看台響起，月光一樣淌過來，是一首流行曲，而我想聽一種哽咽的調子，鏽明月成秦初海岸而漢末，暗啞的是風聲獵獵，斑駁的是水色鬱鬱；蟬鳴一點，蛙聲不斷，俱是長草中一點馬嘶。

父親不知說了什麼？手勢勁疾，聽者俱莞爾。母親那裡正熱烈，間有驚歎之聲。而來客等三人；就像切切低語了。天地是一幅蜀錦的大卷，衆人皆是畫中客，是數筆殘缺的風景，墨跡暈染處、面目模糊，年代湮沒。只有觀畫人，燃一點寂，與冷，照亮澀白褪青，畫軸將捲，泥金的印已蓋下去了。

有正占領這片江山的，還是畫中客吧？篤定地倘佯在畫中。只有觀畫中，站在快樂的邊緣，似乎也沾染到了些會心的氣氛，卻是隨時要走的。生活如僱傭兵，攻城掠地，不過搶一座旅舍，據半間驛站，換一年半載的棲息。人與物總是粗糙，風景都易變。走時，也就義無反顧、一點留影其實終將誤忘，或自記憶中沉澱，成爲不悲也不喜的片段。

這海岸，似家實驛。夏天過後，我又將離水，去逐新大陸的草原而居。一程程的歲月中，我還傍過另一片水而居住。那海岸，亦朝來吐露、夕追西子、夜綻若星，比此地更遠近北方大陸的喧譁，然水浪卻總是安靜自如，聆聽九廣鐵路北上南下的變奏。四十年前是流亡，四十年後是探親、旅行、請願及很多、很多其他的調子。即使在北方大山的擁抱中，已沒有我一雙手臂的位置，我仍然日夜傾聽，在遙遠的新大陸，或此地，此刻。少年遊邊過，青年探測過，都在時間和歷史，和那前途協定中，沓滙而去。

「看哦看哦，一艘大船出港。」下面在叫，父親率先站起，背手而看。果眞是一艘龐然巨物，恍如開一道長堤出港排浪，貨櫃的陰影是陸地的手臂，開向無涯的海面。

我踱下石階，走向衆人身邊。

「昨天那一集實在很好。」父親在講根據詹姆士·米契納的小說大太空（The Space）改編的電視劇：「……太空人登上了月球之後呢，就有兩個乘登月小艇下去採標本，另外一個則駕著母船在月球上方巡邏。就在那個時候，地球上的科學家，在太空總署測到太陽表面黑子變化，噴出強烈的輻射塵，會影響到月球表面。當然啦，這時候太空人就十分危險囉。於是地球火速通知太空人，兩名太空人趕快逃向登月小艇，可是已經被污染了，一個還正在跨上登月小艇的階梯，就暈過去了。另一個掙扎走進艙裡，正要發動引擎，也受不了了。這裡的控制室正在緊張間，只聽通訊器那一頭說：『我也不行了。』然後就再也沒有聲音了——」

有一點鹹澀的氣息，也許是海，也許不是。也許我已停下，也許早已挾畫而歸。太空人的故事，仍在星座間遊離。

就要走了吧。下面的故事我知道，月球上方巡邏的太空人著急得不得了，要抗命留待同伴上來，可是地球方面嚴命他速離，於是他痛苦莫名地離開，心中念著同伴，而他們，是再也不會回來了。

岸邊那一點明滅仍在，有濺到眼眸深處。釣魚人在岸邊，獵戶座隱沒北天，擺渡人仍在趕水程、吹笛者早已散去。我也要走了，捲起一幅蒼茫的畫，吹乾印根，走吧，自月光海岸。

——寫於一九八八年十月

（作者現任東海大學企管系副教授）

爸，生日快樂！

余季珊

很喜歡卡本特 The Carpenters 的一首歌，“Sha La La La”。並不是因爲歌詞觸動我，而是這首歌使我想起九歲生日那年，父親攜著我到百貨公司選生日禮物，當時喇叭播放，耳中所聽的，便是這首“Sha La La La”。我還記得父親不厭其煩的陪我選了又選，終於買了兩副綁頭髮的圈圈送我，圈上有兩個透明壓克力彩球。後來圈圈在一次長途飛行中，掉在飛機上忘了拿，傷心了好一陣子。長大以後，每當聽到這首歌，便想到與父親在百貨公司的那個下午，內心總不免悵然。也許是出於懷念，也許是渴望情景的重現，又或者是慨嘆與父親的聚少離多。

這樣的一位詩人父親啊，既接近又遙遠。

四姊妹中，我排最末。從我出生之後，全家人的生活定點，可分三個時期：美國、香港、三大洲。記得五歲那年，母親帶著我們四姊妹，辛苦萬分的從臺灣赴美到丹佛市與父親會合。那時父親已在丹佛寺鐘學院任教，後來才將全家人接過去。只記得父親將我們這拖拖拉拉的一行人從機場載回家後，大家才剛脫了鞋，行李都還沒放下，他便滿懷興奮，迫不及待地一面朝屋裡走，一面催我們趕快過去。大家剛坐定，屋中即刻響起披頭四的搖滾樂。以我當時才五歲不到，自是含糊懵懂，絲毫不知這些嘰哩呱啦的洋文唱些什麼，只記得父親大聲讚嘆，直說：「你們聽！你們聽！」而我竟也從那時起，便喜歡上了披頭四的音樂，直到如今。

那時最鮮活的記憶，就是父親愛帶著全家一行六人，開著他那輛龐然的 **Impala**，長途遠征各州。父親愛開車，還愛開快車。記得那時在長征途中，碰到那種筆直直達天際盡頭的公路之時，父親喜踩足了油門，放手讓車自由急馳，口中還一面呼嘯，我們則在後尖叫，之後他會在大笑聲中，直呼過癮！父親這種勇猛的開車術，直到現在他將屆七十了，仍無多大的變化，只要環境路況許可，他的速度感絲毫不減當年。就在去年八月間，我們全家七年來第一次能夠點名到齊，在英國曼徹斯特聚集，租了一架八人座車，到蘇格蘭玩了十來天。一路上，父親仍然負責掌了大半路程的舵，其中不乏蜿蜒多彎之路，只見後面六人一時偏倒在右，一時歪斜在左，還不時傳出一種碰撞的悶哼之聲。不過大家已習慣成自然，若非這樣，怎能重溫舊夢呢？所不同的只是父親髮已白了，形更瘦了。

不但愛開車，父親還愛車，而愛是愛惜之愛，非愛慕名草之愛。有兩樣東西，父親對它們的照顧是無微不至，體貼周到的。其一就是他的車，其二是他的書。我從來沒看過比父親更勤於擦車的人，他每天一早下樓，開車去上課之前，必有如下一定的步驟：先發動引擎暖車，然後開後車廂取出雞毛撢子，從車頂開始，往外逐部分撢一遍灰及樹葉，再拿出一塊預先沾了水，微溼的布，把布折得稜角分明後，將所有玻璃及倒後鏡用力擦一遍，把溼布重新折整齊，再把車內踏腳墊拿出來抖一抖，然後才開車往辦公室去也。有時候與父親一同出門，他站在大門口催了幾催，見沒效果，使怒氣沖沖的發話：「我先下去了！不等你們啦！」然後「砰」一聲關門便走。等到我們慌得在屋中亂竄，外套穿一半，鞋帶不及綁，抓了一手的東西，奪門而出，一面飛奔下樓，一面發現該拿的東西都忘了拿，卻又不敢再多耽擱一分鐘回去拿，冒著踩到鞋帶摔下樓之險，奔到車旁。一頭鑽進去，心想父親必定是轟然開車便走。咦，怎知他卻施施然拿出前述那塊沾水布，下車開始擦起窗玻璃來。

說到父親的另一寵——書，必然提到他的書房，那就像是一方聖地似的，每次走進去，總覺得是到了另一個世界，另一個空間，由書牆書壁構成，連空氣都不太一樣。詩人在其中被古今中外文人墨客所包圍，所注視，這中間數十年，穿越時空，而百年間的對話竊竊，不知是如何的熱鬧。一方房間裡面，除了一堆堆的書，還是一堆堆的書，但這些書永遠是排列整齊，一絲不苟。他的書桌上，也是如此，永遠不會出現那種只見桌腳，不見桌面的情況。我相信父親在寫作時，若眼前稿紙零亂、書本狼藉，雜物四散，他是半天也寫不了一個字的。看到書本上沾了灰，父親可以即刻用衣袖或隨手拈來之物去擦拭，不管那是衣服、毛巾或襪子都好，也不願意他的書被灰塵所擄。甚至他寫的稿子也不例外，紙上每個字都清楚工整，若有要刪掉之處，他必定將之仔細圈起，線頭銜接線尾，再在圈中整齊的劃斜線，倒像將這些要刪之處關起來了，放在鐵窗之後，不知何時會放它們出來再用。

父親曾在文章裡提到過我擅於摹仿別人，其實我看這也是傳承自他。當一家人還住在廈門街的老房子時，有一陣子電視上經常播放李小龍的武打片。父親也算是個李小龍迷，在喜歡看他的功夫之餘，常學他口中怪嘯。一天下午吃完飯，全家圍坐電視，觀看李小龍，在一個多鐘頭內，眼睛隨著他的拳腳起伏飛揚，心中與之同仇敵愾，報完了洋人欺負華人之仇以後，家人紛紛伸懶腰，打呵欠，讓自己回到現實。不知何時，父親起身走到空地，又開始學李氏怪嘯，一面示意要大家看他，衆人正在回神之際，只聽得他一聲怪叫，雙腳向前踢出，身子騰起卻身不由腳，先行落地，「砰」一聲，跌在地上。雖正值盛年，父親這一招式可也把家人給嚇了一大跳。幸好、幸好，當時沒事，也無後患，否則還眞不知找誰去引咎辭職呢！

後來呢，家人開始逐漸各散東西，當我們全家都處於父親謂爲「日不落家」時期，就只剩下父母二人孤守島上。一盒積木，拼來拼去，不知怎麼，就是兜不起來。此時的父親，似乎更忙了。在我記憶之中，對父親有一個「斷層期」。其實從小到大，恐怕只接獲過兩封父親的家書，自此之後便成奢求。在國外求學的日子，難免殷殷企盼，卻是盼到後來不成，也就只好自我安慰一番了。有時候接到家書，就只信封是由父親所寫，也足夠令我激動高興好一陣子。其實父親忙碌，女兒怎會不知道呢！又加上大抵家中年紀最長的，對最幼的，總不知說什麼好，而心理上也老覺得這個最小的不管長多大，還是很小。而我呢，在斷層的這一頭待久了，也就有點兒找不著回去的路了。

中學時代，曾經在週記上寫到如何如何佩服父親。之後簿子被發回來，老師在其上批了一句：「若要像你父親，就要少說話多做事。」這倒眞不假。父親從不浪費時間，更少看到他有閒坐之時。在他把時間分割給那些「永遠做不完的事，永遠找不完的人」之後，幾乎每晚當家人已入睡，仍見他在書房坐到深夜。大概這個時候，才是眞正屬於他的吧！不用應酬，不用聽電話，沒有人聲。只有蟲聲唧唧、花香隱隱，在他窗外。在書桌前，父親的坐姿四平八穩，從來不見他彎腰弓背，或是斜倚前傾。有時自己也是看書看到深夜，出得房門去上個廁所，或到廚房倒杯水喝，經過父親的書房，見到那端坐熟悉的背影，旁邊昏黃的燈光在他身上暈開，這時總有一種安心、安全的感覺，又有一種衝動，想去摟一摟他。家中的守夜人啊，快些去休息吧！卻又生怕驚擾到他的思路，說不定此時正在馳騁，正在澎湃，正在他豐富驚人的詞彙中挑揀著。這一刻，空氣浮動，緩慢而安靜。就這樣，從小時黏在他身旁聽他講鬼故事，到大時莫名其妙地疏離，但看著父親同樣的坐姿，同樣的背影，從他的黑髮看到白髮，從台北的廈門街、香港的吐露港，看到高雄的西子灣。就這樣，常常只能在心裡默默地去摟他一下。

感覺上，心底裡，總認為父母不會老，最多只是外貌變化而已。而一眨眼間，竟然是父親的七十大壽。正當苦惱不知道該以什麼向父親聊表心意，想起父親常鼓勵自己多動筆，就讓這篇短文包成一份禮物獻給他吧。

——原載於一九九八年十月號《聯合文學》

【評論】

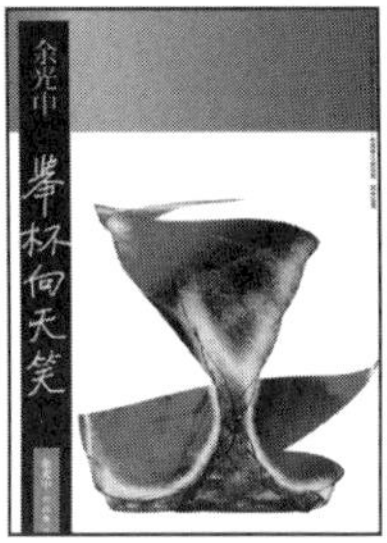

舉杯向天笑 定價320元

收集余光中教授自《藍墨水的下游》之後十年的評論作品，評析內容包含詩、繪畫、翻譯、語言等等，更包含性質各不同的序文，展現評論家洞悉事事的觀點。雖是評論作品，讀來如同散文般的美文。

分水嶺上 定價300元

書名《分水嶺上》表示從此陰陽一割，昏曉兩分，抒情與評論不再收在一起。這是民國六十六年到七十年之間的評論集，評析內容包含新詩、古典詩、英美詩、白話文、小說、綜論等。

◎上列作品單冊八五折。團體購書，另有優待，請電洽。

◎日後定價如有變動，請以各該書新版定價為準。

◎ 購書方法：

- 網路訂購：九歌文學網：www.chiuko.com.tw
- 郵政劃撥：0112295-1，九歌出版社有限公司
- 信用卡購書單，電索即傳。請回傳：02-2578-9205
- 電洽客服部：02-2577-6564分機9

聽聽那冷雨

定價230元

是余光中43到46歲間的文集，從抒情的〈聽聽那冷雨〉到幽默的〈借錢的境界〉，從書評、序言到詩論、樂評，都是作者第三次旅美回台以迄還港定居之間的心情與觀點。〈聽聽那冷雨〉一文風行兩岸。

望鄉的牧神

定價250元

余光中說：從〈咦呵西部〉到〈地圖〉，五篇新大陸的江湖行，字裏行間仍有我當日的車塵輪印，印證我「獨在異鄉為異客」的寂寞心情。後面的十九篇評論，見證我正走到現代與古典的十字路口，準備為自己的回歸與前途重繪地圖。

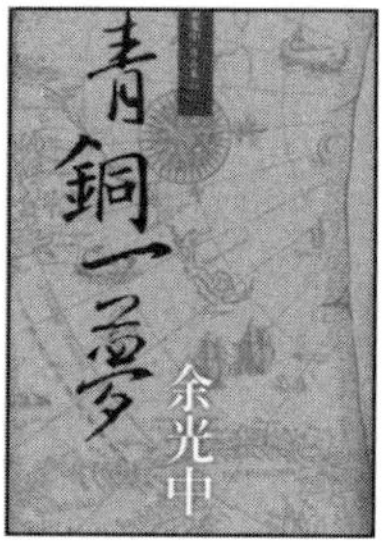

青銅一夢

定價270元

黃維樑說：「如果要用一句話來形容余光中的散文，則『精新鬱趣、博麗豪雄』當可稱職。把他的散文放在中國歷代最優秀的散文作品中，余光中的毫不失色。他的散文是中國散文史上璀璨的奇葩。」

高樓對海 定價220元

「高樓」是余光中在西子灣的樓居，所對的海便是台灣海峽了。多年來，那對海的高樓便是詩人「就位」之所。其結果便是〈浪子回頭〉、〈母難日〉、〈夜讀曹操〉、〈風聲〉等名作。詩人與海爲鄰，海便起伏在他詩裏。

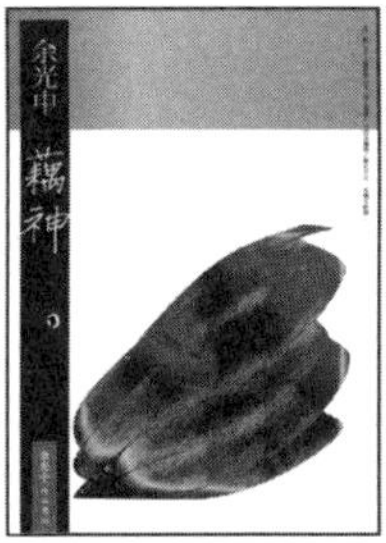

藕神 平裝・定價240元／精裝・定價360元

余光中教授的第十九本詩集。詠人如畫家爲人造像；詠物能實能虛，由實入虛，妙得雙關。他把中國的古風與西方的無韻體融爲一體，從頭到尾連綿不斷，一氣呵成，顯示詩人的布局與魄力。書中分段詩多達近三十首，明快有力而轉折靈便，這種「收功」眞讓人歎爲觀止。

【散文】

憑一張地圖 定價220元

余光中唯一的小品文集。輯一「隔海書」裏的小品，除了旅途中趕出來的之外，都是沙田樓居，對著吐露港的水光寫成。輯二「焚書禮」卻是壽山樓居，面對著高雄港和外面的臺灣海峽。有樓，總是有興。有水，總是有情。

九歌出版

余光中作品

【詩集】

蓮的聯想

定價220元

作者巧用蓮的意象，由物到人，由人到神，經營出即物、即人、即神的三合一疊象，將植物的、古典的、宗教的世界貫通成多元的意境。在情色文學的當代洪流之外，這可是一片唯心而純情的蓮華淨土。

白玉苦瓜

定價220元

生命走到這一站，詩藝探到這一層，應以臻於成熟之境：悲生命曾經瓜而苦，喜藝術終於成果而甘。隔了這麼多年，詩人已經老了，但詩心仍然年輕。那隻白玉苦瓜仍靜靜地夢著，醒著，在故宮博物院裏。世界在外面變了太多，那隻苦瓜應仍不改其甘吧。

余光中作品集 14

日不落家

著者　余光中
校對　范我存
責任編輯　宋敏菁
發行人　蔡文甫
出版發行　九歌出版社有限公司
台北市105八德路3段12巷57弄40號
電話／02-25776564・傳真／02-25789205
郵政劃撥／0112295-1
九歌文學網　www.chiuko.com.tw
印刷　晨捷印製股份有限公司
法律顧問　龍躍天律師・蕭雄淋律師・董安丹律師
初版　1998（民國87）年10月28日
重排新版　2009（民國98）年10月10日
新版3印　2012（民國101）年8月
定價　250元

書號　0110214
ISBN　978-957-444-578-3
（缺頁、破損或裝訂錯誤，請寄回本公司更換）

國家圖書館出版品預行編目資料

日不落家／余光中著.-- 重排新版.
--臺北市：九歌，民 98.10
面；　公分. --（余光中作品；14）
ISBN 978-957-444-578-3 （平裝）

855　　98001735